내 걱정
어디서 왔을까

성진 스님

현) 한국종교인 평화회의(KCRP) 종교간의 대화위원장
현) 대한불교조계종 백년대계본부 미래세대위원
현) 대한불교조계종 국제위원
현) 대한불교조계종 남양주 성관사 주지

전) 대한불교조계종 군종특별교구 부교구장
전) 사)파라미타청소년 연합회 상임이사
전) 대한불교조계종 어린이청소년 전법단 단장
전) 대한불교조계종 포교원 포교국장
전) 대한불교조계종 조계사 선림원장/행정국장

내 걱정 어디서 왔을까

1판 1쇄 발행 2022년 9월 29일
1판 2쇄 발행 2023년 5월 17일

지 은 이 성진
펴 낸 이 신혜경
펴 낸 곳 마음의숲

대 표 권대웅
편 집 김도경 윤소현
디 자 인 유미소
마 케 팅 조아라

출판등록 2006년 8월 1일(제2006-000159호)
주 소 서울특별시 마포구 와우산로30길 36 마음의숲빌딩(창전동 6-32)
전 화 (02) 322-3164~5 팩스 (02) 322-3166
이 메 일 maumsup@naver.com
인스타그램 @maumsup
용지 (주)타라유통 인쇄·제본 (주)에이치이피

ISBN 979-11-6285-126-5 (03810)

*값은 뒤표지에 있습니다.

*잘못 만들어진 책은 구입하신 곳에서 교환해드립니다.

마음을 행복하게 해주는
성진 스님의 인생 커닝페이퍼

내 걱정 어디서 왔을까

성진 지음

마음의숲

걱정의 다른 말, 사랑

"스님 저거 저러면 안 되는 것 아닙니까? 저렇게 하라고 뽑아준 것 아닌데 자기들 마음대로 하네~ 아 정말 열받습니다."

산중에 TV라고는 은사 스님 처소에 하나 있었습니다. 은사 스님이 주무시기 전에 방을 닦아드리며 겨우 어깨너머로 보이는 뉴스에 제가 세상 걱정을 할 때면 늘 해주시던 말씀이 있었습니다.

"세상 걱정 그만하고 넌 내일 새벽 예불이나 빼먹지 말거라."

어쩌면 우리가 하고 있는 걱정의 대부분은 지금 당장 자신이 할 수 있는 일보다는 할 수 없는 것에 마음을 두려는 데서 나오는 걸지도 모릅니다. 그리고 지금 내가 하고 있는 걱정이 내가 하는 것이 맞는지 생각해 봐야 합니다.

팔순을 내다보는 저의 어머니는 아직도 스님이 된 지 30년이나

된 아들에게 밥은 먹었는지? 바람은 찬데 옷은 어찌 입고 나니는지? 심지어 이번 초하루 법회에 신도 수가 줄지 않았는지까지 걱정하십니다. 그만 걱정하시라고 해도 어머니는 자식에 대한 사랑을 걱정으로 대신하고 계십니다.

어린 시절 친구와 함께 놀다 다음 날 숙제를 못한 적이 있었습니다. 전 밤새 걱정을 하며 학교 가는 길에 제발 배가 아프길 바랐습니다. 하지만 친구 녀석은 너무나 편안히 가고 있는 것 아니겠습니까. 자신은 숙제를 안 했기 때문에 선생님께 야단맞는 것이 당연하다는 겁니다. 결국 복도에서 함께 손을 들고 있으면서 왠지 제가 더 손해 본 것 같다는 기분이 들었습니다. 그때 조금 더 당당히 내 잘못을 인정했다면, 걱정 아닌 성장에 대한 계획을 세웠다면 더 낫지 않았을까. 시간이 지난 뒤 다시금 생각해 보게 됩니다.

임종을 앞둔 호스피스 병동의 환자들이 가장 후회하는 부분이 "내가 그때 왜 그리 걱정하고 아등바등했던가"라고 합니다. 무엇을 걱정하고 있는지, 왜 걱정하고 있는지, 혹시 누군가를 걱정으로 사랑하고 있는 것은 아닌지 잠시 돌아봤으면 합니다. 걱정에 의문문을 다는 연습은 우리 모두에게 필요하니까요. 내 걱정에 아주 깊은 감정이 담겨있을지도 모르기에, 잠시라도 스스로를 살필 시간이 되었으면 합니다. 그 깊은 감정은 사실 사랑의 다른 은유일지도 모르기에, 사랑하는 내 옆의 존재들을 살피는 시간이 될지도 모르기에 집중하길 바란다는 당부도 함께 전합니다.

하지만 이 책을 읽으며 일찍 잠들기를 바랍니다. 그래야 내일 지각하지 않을 것입니다. 이 책이 걱정을 만들면 제 역할을 제대로 했다고 말할 수 없을 테니까요. 걱정 없이 푹 주무시도록 온 문장으로 돕겠습니다.

2022년 가을
성진 합장

차례

2장

잠깐 커닝페이퍼를 펼쳐봐도 됩니다

3장

오답인 줄 알았는데 정답이었던

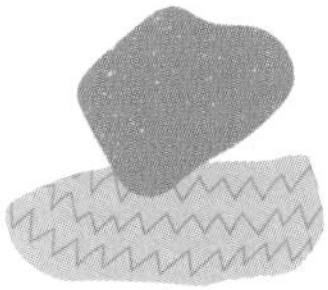

1장

인생이란 시험은 시작됐습니다

커닝페이퍼

불교는 질문합니다.
내 마음에, 내 마음속에 있는 나에게 물음표를 답니다.
출제자도, 채점자도 그리고 수험생도 '나'입니다.
그래서 어쩌면 이미 우리 손에
커닝페이퍼가 쥐어져 있는지도 모릅니다.

정답 또한 내게 있기에
나에게 던지는 질문,
그 물음이 답을 쓰기 전 볼 수 있는 커닝페이퍼입니다.

잠시 내 마음에 있는 커닝페이퍼를 펼쳐봐도 됩니다.
질문해도 됩니다.
옆 사람에게 보여줘도 됩니다.
어차피 답은 다 다르니까요.

문제로 가득한 사회 속에서

정답을 아는 것도, 정답을 모른 척하고 있는 것도
모두 나인지도 모릅니다.

질문하십시오.
손을 들 필요도 없습니다.
그냥 물음표를 떠올리십시오.

'?'

내 마음이 왜 아팠는지,
내 말이 어떤 기억에 연유한 건지,
내 사랑이 왜 실패했는지,
나라는 커닝페이퍼에는 우리가 담겨있습니다.
답을 찾아 헤매고 답을 손에 쥐고 있는 우리가
질문 속에서 움직이고 있습니다.
자, 시작해봅시다.

비대면이라도 우리는 이어져 있습니다

저는 석가모니 부처님을 실제로 뵌 적은 없습니다.
직접적인 가르침이 아닐지라도 경전을 통해서
부처님의 가르침을 받고 있지요.
말이란 게 구전으로도 이어지고 문서로도 이어지니까요.
불교에 있어서 비대면은 사실 낯설지만은 않습니다.
우리는 처음부터 비대면으로
가르침을 받고 있었으니까요.
우리의 신심은 시간과 거리를 뛰어넘어
마음으로 주고받고 있습니다.
만나본 적 없을지라도 부처님과 저희는
마음을 통해 연결되어 있지요.

코로나19가 심해져서 사람 만나는 게 힘들어졌습니다.
저 역시 신도분들을 만나기 힘들어졌지요.
그럼에도 우리는 이어져 있습니다.
제가 적고 있는 글을 통해,

제가 출연한 방송을 통해
우리의 말들이 마음속에서 뒤섞이고 있습니다.
여러분의 마음에 제 문장이 있을 겁니다.
이제부터는 조금 단순합니다.
그 문장의 시작에 제가 있다고 생각하고
그 문장의 끝에 당신이 있다고 생각해 주세요.
결국 제가 던진 문장일지라도
당신만이 도달할 수 있는 정답이 있을 테니까요.
천천히, 너무 조급하지 않게
당신을 향해서 걸어가 보세요.
이 길은 당신만이 갈 수 있는 길입니다.
당신만이 도달할 수 있는 길입니다.
저는 그 시작을 도울 뿐입니다.

세 명의 친구만 있으면 됩니다

여러분은 친구가 몇 명 있으신가요?
살다 보면 나 혼자선 해결 못 할 일이 참 많지요.
이 일을 해야 할지 말아야 할지
그곳으로 가는 게 맞는지 아닌지
선택의 갈림길에 섰을 때,
지금 내가 어떤 상태에 있는지
묻고 싶고 조언을 듣고 싶을 때
진솔하게 그 이야기를 들어주고
답을 줄 수 있는 친구가,
굳이 친구가 아니더라도
진정으로 고심해서 답해줄 사람이
여러분의 주변에는 몇 명 정도 있는지요?

최소 세 명 이상 있어야 한다고 봅니다.
자동차에 있는 내비게이션을 보면,
하늘에 떠 있는 위성의 신호를 받아 위치를 설정하지요.

그 위성이 몇 개여야 할까요?
못해도 세 개가 있어야 한다고 합니다.
그래야 현 위치와 속도를 정확히 파악하여
지도 안내를 제대로 할 수 있기 때문입니다.
하나의 위성만 가지고는 할 수 없습니다.

마찬가지로 여러분이 중요한 기로에 섰을 때
조언을 해줄 수 있는 사람, 최소 세 명이 필요합니다.
중요하면 중요할수록 반드시 조언을 구해야 합니다.
친구, 부모, 스승, 선후배 다 좋습니다.
이때 다른 성품의 지인을 '각각' 만나는 것이 핵심입니다.
자신한테 좋은 말만 해주는 사람끼리 있어서는
정확한 내 위치를 잡기 어렵기 마련입니다.
그러니 성품이 좀 다르고,
생각이 다른 이를 따로따로 만나서
제각기 다른 이야기를 들으며 나아갈 방향을 잡아보세요.

다만 너무 많은 만남은 권하지 않습니다.
사공이 많으면 배가 산으로 가듯
제대로 된 방향을 잡을 수 없으니까요.

살아가면서 지금 내가 어느 위치에 서 있고
앞으로 어디로 가야 할지 갈피를 잡고 싶다면
주위에 세 명 이상의 인생 내비게이션과
소중한 인연, 꼭 맺고 지내시기 바랍니다.

스트레스, 어떻게 풀까요?

'스트레스'라는 말이 등장한 이후로
이를 대신할 우리말을 찾기가 어렵습니다.
스트레스(stress)란 무엇인가요.
인간이 심리적 혹은 신체적으로
감당하기 어려운 상황에 처했을 때 느끼는
불안과 위협의 감정이라고 정의합니다.

저는 이렇게 설명합니다.
몸과 마음의 간격이 멀어질수록
스트레스가 높아진다고요.
몸과 마음의 간격이란
현재 자기가 몸으로 움직이는 행동과
하고자 하는 의지의 마음이
얼마만큼 떨어져 있는지 그 거리를 뜻합니다.
이 간격이 크면 클수록
마음의 불안이 덩치를 불리면서

스트레스라는 표현으로 우리를 짓누르게 됩니다.

스트레스를 받지 않기 위해서는
좋아하고 즐거운 일을 하라고들 합니다.
하고 싶은 일이나 취미는
'하고 싶은 마음과 행동이 일치'하기 때문이지요.
몸과 마음의 거리가 급격하게 좁아지면서
스트레스라는 불안과 강박이
설 자리를 잃고 흩어집니다.
이윽고 성취감과 후련함에 다다를 수 있지요.

스님들은 행동과 마음을 일치시키고자
참선, 명상으로 수행합니다.
여러분의 일상에서는 사람을 만나는 것도,
취미 생활을 즐기는 것도 좋습니다.
단 좋아하는 일 중에 술, 담배 등은

몸을 상하게 하며 나중엔 마음도 병들게 합니다.
그러니 이는 조금 자제하셨으면 하는 마음입니다.

스트레스를 받는다 싶을 때
'내 마음과 행동이 점점 멀어지고 있구나!'
이를 깨닫고,
몸과 마음이 멀어진 간격을 줄여보세요.
하고 싶은 바와 나의 행동을
일치할 수 있는 것을 찾아서 해보며
스트레스를 푸시기 바랍니다.
사심을 담자면 제 책을 읽으며
지금 여러분이 생각하는 마음과 행동이,
모쪼록 편안하고 즐겁게
하나로 맞물리는 시간이기를 바라봅니다.

도움을 위한 마음의 비상등 켜기

밤에 공사장에서 야광조끼를 입는 것은
멀리서도 잘 보이게 하기 위함입니다.
등산복이 화려한 이유 역시
조난되거나 어려운 일이 생겼을 때
빨리 발견하기 위해서지요.

우리도 살면서
누군가의 도움이 필요하거나
주위의 위로를 받고 싶을 때가 분명 있습니다.
그럴 때 '나는 지금 마음이 이러하기 때문에
위로를 좀 받고 싶습니다'
하는 신호를 보낼 수 있어야 합니다.

그런데 그 마음을 잘 내보이지 못하거나
찾기 어렵게 숨겨둔다면,
산에서 조난을 당했는데 찾지 못하듯

마음에 위기가 닥쳤을 때 구조를 받지 못합니다.

독야청청獨也青青 살 수만은 없습니다.
아무리 강해도 인간은 서로가
위로해 주고 위로받으며 살아야 합니다.
거기서 삶의 의미가 생기는 법이지요.
만약을 위해 주변 사람들이
나를 잘 도울 수 있도록 준비를 해두세요.

저 또한 여러분께 도움을 드리고자 해도,
도움받을 준비가 되어있지 않으시거나
표현하지 않아도 상대가 알아서 나를 도와주겠지
하고 생각하고 계시면
사실 제대로 된 도움을 드리기가 어렵습니다.

상대가 나의 무엇을 도와야 할지 신호 보내기,

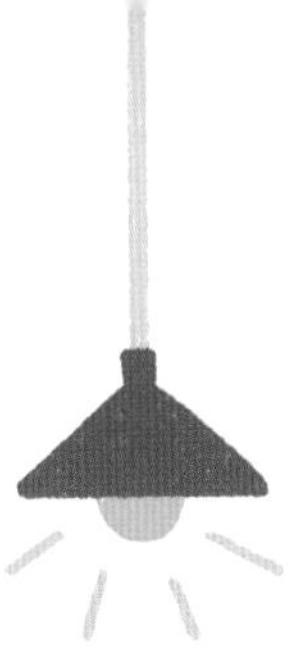

이 또한 필요합니다.
도움받고 싶은데 그 표현을 제대로 못해서,
오히려 주위에서 도와주고 싶어도
돕지 못한 채 마음이 멀어지고 마는 일도 많습니다.
내가 도움이 필요할 때면
어떻게 표현해야 신호가 잘 전달될 것인가.
내가 지금 처한 마음 상태를
어떻게 알리면 좋을지
표현하는 법을 생각해 보세요.

스스로 마음의 형광등을 켜놓으세요,
멀리서도 보일 수 있는
마음의 야광조끼, 비상등을 준비하세요.
표시와 표현!
보임과 보여짐!
참 중요하답니다.

하루 종일 일이 꼬인 날, 어떻게 해결할까?

'아니, 오늘 무슨 날이 이래?
엎친 데 덮친 격으로 수많은 일이 한꺼번에 일어나서
하루 종일 너무 힘들어!'

이런 날이 종종 있지요.
어린 시절 원하는 모형을 만들려고 블록을 조립할 때,
실이 꼬여서 풀려고 할 때
되는 듯하다가 갑자기 잘 안되면서
다시 해봐도 안 되고 계속 꼬이고…….
그러다 몸도 지치고 마음도 짜증이 나고
감정의 파란이 일어나 포기하고 집어던지기도 합니다.

어떤 일이 뜻하는 대로 되지 않고 겹쳐와
감정선이 마음을 모두 휩쓸 때는
문제를 푸는 올바른 답을 찾기가 어렵습니다.
싫증이 나거나 울컥 짜증이 나는 감정은

뭉게구름과도 같아
걷잡을 수 없이 무럭무럭 피어나지요.

이런 상황에서 가장 먼저 해야 할 일은
그 문제에서 일단 떠나 빨리 자기 자신을
다른 곳으로 옮겨 두는 것입니다.
이는 회피와는 다릅니다.
엉킨 그물에서 발을 빼는 겁니다.
한번 끓는 감정이 올라와버리면
아무리 이성적인 판단을 하려 해도
모든 것이 감정을 북받치는 쪽으로 몰려갑니다.
그래서 감정이 피어오를 때
내가 그것을 떨어뜨려 놓을 수 있는 곳,
내가 가장 좋아하는 쪽으로 마음을 보내보세요.
그렇게 하루를 버텨보세요.

그러고 그날 하루는 아무것도 생각하지 말고,
풀리지 않는 일을 함부로 판단하지도 마세요.
무조건 잘 주무세요.
잠들기 전에 웃을 수 있는 생각을 하거나,
혹은 잠시라도 오늘을 잊을 수 있는 딴 일을 하세요.
감정을 이동시키는 겁니다.
할 수 있는 모든 방법을 쓰세요.
만나면 즐거운 친구와 수다를 떨어도 좋습니다.

일단 하루를 넘기고 푹 자고 난 다음 날
아침에 눈을 떠서 그 일을 다시 바라보세요.
감정이 한차례 가라앉은 뒤에 보면
엎치고 덮치고 꼬인 것 중
풀 수 있는 실마리가 하나쯤은 보일 겁니다.

안 되는 것을 애써 풀려고 하지 마세요.

안 되는 감정이 그 상황을 망가뜨리기 때문에
더 힘들어지기만 합니다.
뭘 해도 일이 꼬이는 날,
그냥 놓아주고 그 상황을 떠나 쉬세요.
문제에서 한걸음 멀어졌을 때
답에 한 발짝 가까워질 수 있습니다.

흔들리지 않는 나의 중심 잡기

“마음의 중심을 잡고 싶다!”

다들 한 번씩 이런 생각 해보셨지요?
그런데 중심을 잡자는 건 무엇일까요?
어떻게 중심을 잡을 수 있을까요?
나의 중심을 잡기 위해서
불교에서 쓰는 방법은 ‘질문’입니다.

내가 지금 어디에 있는가?
어디서 무엇을 하고 있는가?
나는 이 행동을 왜 하는가?

불가에서 ‘화두’라고 하는
‘이뭐꼬’,
즉 ‘이것이 무엇인가’하고 질문 던지는 연습이 있습니다.
내가 정확히 어느 위치에 서서

무엇을 하려고 하는지 보는 것.
이것은 누가 알려주지 않습니다.
남이 알려줄 수도 없습니다.
스스로 찾아야 합니다.

늘 자신에게 질문을 던져보세요.
질문에 대한 답을 스스로 내놓는 순간
나의 좌표가 그려집니다.
그러면 스스로가 하는 행위에 대한
이유와 인식을 인지하고 살아갈 수 있습니다.

나의 중심을 잡는다는 것이
언뜻 보기에 자기주장만 내세우며
고집을 부린다고 오해하기 쉽습니다.
하지만 오히려 부적절한 고집이
없어진다는 반전이 있지요.

스스로 질문을 던져
내가 생각한 부분과 행동이 달라져 있다면
다시 고민하여 바로 세울 수 있기 때문이지요.
내가 그릇되게 가고 있음을 도중에 깨달아
자신을 비우며 중심을 바로잡는 것,
이를 통해 고집을 놓아줄 수 있습니다.

여러분의 삶에서도 화두를 던지세요.
누가 나를 흔들더라도
거기에 휘말리지 않고
내가 하려고 했던 것에
정확히 나를 둘 수 있는 힘이 생깁니다.
자기 중심을 잡고 사실 수 있도록
제가 곁에서 응원하겠습니다.

화를 내는 것도 습관입니다

주위를 한번 돌아보며 떠올려보세요.
평소에 쉽게 버럭대는 사람이
한 명씩은 생각나지 않나요?
화를 내는 것을 당연하다고 말하는 사람도 있을 겁니다.
'나는 원래 성격이 그래서 화를 잘 낸다'면서요.
원래 그렇다는 말은 제가 가장 싫어하는 말입니다.
세상에 '원래'는 없습니다.

화를 잘 내는 사람들을 가만히 들여다보면
화내는 대상이 특정 인물로 정해져 있습니다.
화를 내는 주체가 타인을 무시할 수 있는 환경일 때,
혹은 자신의 지위나 상황이 우위를 점할 때
감정 표현을 화로 드러내며
자기 의사를 더 강하게 밀어붙이는 경향이 있습니다.
가까이는 부모와 자식 간의 관계에서도
어렵지 않게 볼 수 있지요.

이따금 이렇게 말하기도 합니다.
"편하니까 그러는 거야!"
편하기 때문에 화를 내고 짜증을 내는 것은
엄연히 잘못된 습관입니다.
한번 생각해 보세요.
아무리 화를 잘 내는 사람도
상대가 나보다 훨씬 강하고 두렵다고 느껴진다면
그렇게 쉽게 화를 내겠습니까?
내려던 화도 못 내지요.

운전하다가 다른 차가 살짝 부딪쳐서
습관적으로 화내려고 문 열고 나갔더니
덩치가 어마어마한 사람이 맞은편에서 나왔습니다.
여러분은 어떻게 하시겠어요?
발끈하려다가도 이내 사그라들겠지요.
이상하게도 운전만 하면 사람들은 헐크가 되더군요.

이 또한 하나의 습관입니다.
저는 운전을 처음부터 은사 스님을 모시고 했었는데요.
다른 차가 갑자기 끼어들어도
은사 스님이 곁에 계시니까
분노와 짜증을 겉으로 드러내지 못했습니다.
결국은 은사 스님이 계시지 않아도
화를 내지 않는 습관이 자리 잡았지요.

명심하세요.
내가 누군가에게 쉽게 화를 낸다면
상대를 쉽게 여기고 있기 때문입니다.
원래 그런 것은 없습니다.
쉽게 보고 함부로 대하는 습관이 들어
상대를 존중하지 않고 있음을 깨달으셔야 합니다.
화를 내게 되거든
내가 지금 상대를 무시하고 있구나 하고

스스로를 돌아보면서

화내는 습관을

지금부터 바로잡아보시길 바랍니다.

역경 속에서 나를 일으켜 세우는 힘

평범하게 살기조차 힘겨운 요즈음입니다.
특히나 청년 대다수가
고된 취업난에 먹고 살기가 막막해서
괴로워하는 목소리가 커지고 있지요.
직장도 잘 안 구해지고,
거듭되는 서류 탈락과 면접 불합격 통보에
좌절이 겹겹이 쌓일 겁니다.
어렵사리 취업에 성공한다 한들
고용이 안정적으로 유지되기도 쉽지 않고요.
이 어려움이 금방 끝날 것 같지도 않기에,
많은 이들이 막연한 미래에 대한
불안으로 짓눌려 있을 테지요.

제가 그만한 나이를 지날 때,
제 마음을 붙들어준 부모님의 말씀이 생각납니다.
저는 스물두 살의 나이에 출가했는데,

그때 아버지께서 제게 그러시더라고요.
"힘들면 돌아와도 돼."
그 나이에 출가라는,
모든 것을 내려놓고
인생을 다시 살겠다는 길을 선택한 건
나 자신이고 내 의지로 가는 것이었는데도,
힘들면 언제든지 와도 된다는 말씀을
기꺼이 해주셨습니다.

이 말인즉슨
내가 성공을 하든 실패를 하든
여차하면 전부 제쳐두고 돌아갈 데가 있다는 뜻입니다.
'내가 돌아갈 곳이 있구나' 하는 생각에
얼마나 큰 위안을 받았는지 모릅니다.
덕분에 아버지라는 존재의 따뜻함을
새삼스레 느꼈었지요.

어머니들이 흔히 하시는 말씀도 있습니다.
"힘들면 집에 와라."
내려와서 농사나 지으라 하시곤 합니다.
이는 그저 집에 가는 게 중요한 것이 아닙니다.
돌아갈 곳이 있기에 그래도 한번만 더 해보자며
사람이 무언가를 해볼 힘이 생기는 겁니다.

그래서 《육방예경》에 그런 이야기가 있습니다.
부모의 덕목 중에
"사랑이 자식의 골수에 사무치도록 하라"고 합니다.
자식에게 부모의 사랑이 깊이 새겨지게 해서
모든 것이 다 사라지고 뼈밖에 남지 않아도
부모가 너를 사랑하고 있다는 사실만큼은
사라지지 않게 하라는 의미지요.
그것이 역경 속에서도
사람을 일으켜 세우는 힘이 되기 때문입니다.

관계를 끊어서는 안 됨을 당부드리고 싶습니다.
여러분이 많은 사람 속에 있는 자신임을
잊어버리지 않으셨으면 좋겠습니다.
어려울 때 돌아갈 곳이 있고,
위로받을 사람이 있음을 떠올려,
괴로움은 나누어지고
부디 다시 일어날 힘을 얻으시기를.

연, 우리는 혼자가 아닙니다

사람들이 절에 가거나, 굳이 절이 아니더라도 교회나 성당에 나가는 건 실은 그 공간에 모여서 그간 무엇이 힘들었다 이야기하며 마음의 짐을 내려놓는 시간을 갖는 겁니다. 그런데 이번에 기승을 부린 코로나19가 이걸 틀어막았지요. 가슴에 있는 응어리를 털어놓고, 따지고 보면 아무 관계도 없는 스님과 대화를 나누며 한시름 놓는 시간이었을 텐데 이제 그조차도 못하게 된 겁니다. 이에 미안함과 부끄러움이 심해졌었죠. 제가 여기저기 방송을 나가는 것도 이런 상황에서 누군가가 마음을 털어놓을 수 있는 공간을 하나라도 더 마련하고자 하여 그랬습니다.

출가한 지 얼마 안 됐을 때는 내가 저들의 이야기를 감당할 수 있을까, 그런 생각도 많이 했었습니다. 공부가 굉장히 많이 되지 않고서는 섣불리 만나지 말아야겠다 싶었죠. 그러다 깨달은 건 이와 관계없이 그저 이야기하고 싶어 하는 사람들이 많은데, 내 역할은 이들과 별 관계 없이도 이야기를 귀 기울여 들어주는 것이구나 하는 점이었습니다.

부처님 가르침 중에 마음을 거울에 비유한 경전이 있습니다. 오신 분들에게 마음을 바로 비추어 보여줄 수 있게끔 거울이 티끌 없이 맑아야 하고 이를 위한 수련을 해야 합니다. 사실 저도 자신 없습니다. 마음 거울에 점도 있고 맑기도 아직 얼룩이 남아있는 듯하여 수행이 부족하다고 여겨집니다. 그럼에도 타인이 마음을 잘 들여다보도록 내가 최선을 다하여 잘 닦아놔야겠다 하고 있지요.

도심으로 나와 탑 사이로 보이는 빌딩들을 보며 '우리가 진작 가까이 왔어야 했지' 하고 생각했더랍니다. '그래, 정말 거리에서 만나는 사람들의 목소리를 안 들은 지 오래되었구나. 이제는 직접 들어가서 이야기를 들어야 하는 시대가 왔구나.' 그렇게 체감하고 있습니다.

앤서니 파우치가 이런 이야기를 했습니다. "여러분은 혼자가 아닙니다. 우리 모두는 연결되어 있습니다. 코로나19라는 이 질병은 그 연결의 틈을 타고 번지고 있습니다. 누구도 자유로울 수 없습니다."

이게 바로 불교에서 말하는 '연기'입니다. 모든 것은 서로 연결되어 있고, 독립적인 것은 하나도 없다는, 인연의 이치를 설명하는 말이지요. '나만 괜찮으면 되지, 내가 이렇게 사는 게 저 사람과 무슨 상관이지' 싶을 수도 있습니다. 그런데 우리가 이 질병을 겪고 깨달은 건 '다 함께 사는구나. 본 적 없는 사람과도 연결되어 있구나. 내가 아프면 누군가를 아프게 할 수 있구나'라는 겁니다.

이리 이어진 연으로 내가 누군가를 위로해 줄 수도 있지요. 내가 지금의 마음을 바로잡고 바꿔낸다면 누군가에게 희망을 줄 수도 있습니다. 우리가 함께 살고 있다는 것을, 그리고 우리가 함께 살아가기 때문에 나 하나의 삶의 무게가 결코 가볍지 않음을 잊지 말아야 합니다. 내가 나를 지켜야 내 가족도 지키고 이웃도 지킬 수 있습니다. 굉장히 어려운 일로 함께 살고 있음을 느꼈지만, 이걸 겪어낸 인류는 우리가 공동 운명체임을 다시금 체감했을 겁니다. 이 보이지 않는 터널 속에서 모두가 함께 지내고 있음을 먼저 이해하고 받아들이는 데서 한 줄기 빛이 보이기 시작합니다.

부처님이 한 말씀 중에 '너무 편하면 스스로를 돌아보지 않는다'라는 말이 있습니다. 누구나 예외 없이 어려움을 눈앞에 보고 있기에 모든 힘든 순간들이 피부로 와닿고 있지요. 우리는 모두 연결되어 살고 있었는데 그간 무시하고 지냈던 겁니다. 질병으로 어려워지고 나서야 비로소 이를 돌아보고 깨달음을 얻게 되었습니다. 이 세계적인 질병은 혼자서 해결할 수 없는 만큼 다 같이 힘을 다해 이겨내야 합니다.

그래도 이 어려운 시절에도 희망은 보입니다. 지난 역사를 돌이켜보면, 과거 페스트가 돌고 나서 르네상스가 꽃피우기 시작했습니다. 인간중심주의가 온 거지요. 마찬가지로 2022년에도 이 질병을 통해 다시 함께 살아야 한다는 생각의 전환점을 맞지 않을까 싶습니다. 모두가 괜찮아야지만 끝날 수 있는 병을 만났으니까요.

한편으로 이 질병이 눈으로 전염되지 않아서 다행이란 생각을 했습니다. 상대방의 눈을 더 자주 보게 되고 그 사람의 눈이 얼마나 예쁜지를 알게 되었기 때문이지요. 고단한 때일수록 주의를 기울여 긍정적인 부분을 찾게 됩니다. 지금처럼 옆에 있는 사람이 잘 보이는 순간이 있었나 하는 심정입니다.

가족이 사회를 이루는 최소 단위인데 코로나를 겪으며 더 자주 보고 소중함을 새삼스레 곱씹어 보는 시간이 되었습니다. 외로움은 친구를 통해 해소되기도 하지만 결국에는 가족 얼굴 보며 눈 녹듯이 사라지는구나 싶었지요. 법문에서 자주 하는 말이 있습니다. 바로 여러분이 지금 잘 보여야 하는 사람은 가족이란 것입니다.

지금 집에 가시거든 다들 가족 앞에 잘 보이십시오. 한 가지 일화를 말씀드려봅니다. 불가에 유발상좌라고 머리를 깎지 않고 출가하지 않은 채 속세에서 스님의 제자가 되는 사람이 있습니다. 멘토와 멘티처럼 관계를 맺고 있는 제 유발상좌 한 분이 대기업에 있다가 사업을 하려고 나왔었습니다. 그런데 코로나가 닥쳐서 10개월 정도 잘 버티다가 이제는 거의 막바지가 온 것 같다 느끼신 거지요. 다시 직장을 구해야 할지 어떻게 할지 고민이 된다 하기에 다음과 같이 이야기해 주었습니다.

"첫째, 지금 상황은 모든 것이 네 잘못인 게 아니란다. 지금 이 문제는 한 개인이 오롯이 파도를 넘기에는 어려운 불가항력적인 재난이지 결코 너 개인만의 잘못이 아님을 알아야 한다.

가족은 가장으로서의 책임이지, 사장이라는 이름 하나만으로 책임을 져야 하는 것은 아니란다. 우리 인생이 어떻게 예상한 대로만 되겠느냐. 지금 이 사업을 미룬다고 해서 실패하거나 포기한 것이 결코 아니다. 네 인생에 더 중요한 것을 지키기 위해 잠시 방향을 바꿀 뿐이지."

일을 하고 사업을 하는 건 사랑하는 사람을 지키기 위함입니다. 이 사랑하는 사람을 지키는 방식을 지금 하고 있는 일을 통해서 찾을지 아니면 잠시 멈추고 다른 일에서 찾을지를 고민할 뿐, 이는 포기도 실패도 아니지요. 일이 아니라 사랑하는 사람을 우선순위에 두어야 합니다. 나는 무엇을 위해서 살고 있고 무엇을 가장 중요하게 생각하는가? 이를 되새기면서 사랑하는 사람을 가장 중요한 일에 두셨으면 합니다.

길을 이야기할 때, 어느 길이냐를 집중하다 보면 다른 방향의 길을 못 보고 놓치게 됩니다. 많은 길 중에서 전에 가보지 않은 또 다른 길을 선택하는 용기와 희망이 있어야 합니다. 내 옆에 있는 사람은 일 때문에 힘든 내가 자기에게 위로받고 힘을 얻기를 바랄 겁니다. 소중한 사람을 지키기 위해 내가 무엇을 해야 하는지 고민해 보셨으면 좋겠습니다.

내 걱정 어디서 왔을까

문제가 아닌 것도 문제라고 생각하면 문제가 되지요?
걱정도 이와 비슷합니다.
사람인지라 걱정하는 건 당연합니다.
다만 걱정 그 자체를 문제로 삼는 건
문제가 될 수 있습니다.
인간은 감정적인 동물이라 이런 오류를 저지르기 쉬운데요.
걱정의 원인을 알아내서
원인에 대한 해결을 고민해야 하는데
걱정 자체에 매여버려서
그만 걱정의 원인을 잊어버리고
걱정에 휘감겨만 있는 상태에 처하고 말지요.

부처님께서는 우리가 사는 동안 오는
이 모든 근심의 고통을 어떻게 해결할 것인가,
이를 제일 우선으로 생각하시며
불교의 총설인 사성제四聖諦 중에

고통에 대한 실체를 파악하는 고성제苦聖諦에 대해
가장 먼저 말씀하셨습니다.
내가 지금 두렵고 근심이 생기는
그 원인을 정확하게 알아야 합니다.

두려움 등의 감정 자체는 문제가 아닙니다,
그것을 일으키는 뿌리에 문제가 있는 겁니다.
아픔에 드는 걱정을 문제로 삼기 전에
어디가 아픈지 병에 대한 정확한 원인부터 찾아 나서야 합니다.
아픔에 대한 두려움이 쌓이다 보면
병원에 가서도 아픈 것에 대해 걱정할 뿐이지
스스로 아픔의 근원을 찾지는 않습니다.

근심이나 불안, 우울한 감정 자체를
문제로 삼아 매몰되지 마세요.
감정을 일으키는 원인을 정확하게 찾고

실체를 인지한 후 의사나 전문가를 찾아가면
해결이 훨씬 더 쉽습니다.

걱정, 고민, 불안, 근심, 우울, 고통.
이들은 출처가 어디일까요.
어디서부터, 도대체 어디서부터 온 걸까요.
그 상태의 감정만 해소하고자 급급해하지 마시고
감정이 일어난 정확한 원인을 먼저 찾아보세요.
자신이 가장 잘 알고 있을 겁니다.
그럴 때 내가 내 몸과 마음의 의사가 될 수 있지요.
진료는 바로 질문에서 시작됩니다.

걱정이라는 문 뒤에 행복이 기다리고 있습니다.
문을 여는 건 질문이라는 열쇠에서 시작됩니다.
질문하세요.
문을 열어주세요.

행복이 당신의 마음으로 마음껏 뛰어올 수 있게.

어디서 온 지 모를 걱정,

그 뿌리를 뽑을 수 있게.

램프 요정이 걱정을 해결해주지는 않습니다

마음을 짓누르는 고민거리에 잠 못 이루시나요?
방송인 홍진경 씨는
"행복은 자려고 누웠을 때
마음에 걸리는 게 하나도 없는 것"이라고 말합니다.
아마 누구에게나 걱정 하나씩은 있겠지요.
오죽하면 '걱정 인형'이라고 해서
사람들의 걱정을 가져가길 기원하는
인형을 만들기도 했을까요.

'램프 증후군'이라는 말이 있습니다.
알라딘이 램프에서 '지니'를 부르듯
자기 스스로 램프를 만지며
계속 근심 걱정에 시달리는 일을 뜻합니다.
그러다 보니 처음엔 작았던 근심도
어느 순간 걷잡을 수 없을 만큼 커지고,
마치 그것이 현실로 일어날 것 같은 상상에 압도되어

불안장애를 겪기도 합니다.
램프 요정을 건드리지 말아야 하는데 쉽지가 않습니다.
램프 요정을 자꾸 부르려는 마음을 어떻게 달래야 할까요?

미국의 심리학자 젤린스키 박사는
모든 걱정의 4퍼센트만 해결할 수 있고
나머지 96퍼센트는 일어날 가능성조차 없는
쓸데없는 근심이라고 합니다.
당장 걱정의 늪에서 허우적거리는 사람에게는
와닿지 않을 수 있지만 실제로 그렇습니다.
걱정이 깊어지면 생각은 늘 부정적으로
치달을 수밖에 없기 때문이지요.

자, 여기서 한번 나를 돌아봅시다.
내가 지금 하는 걱정이 과연 쓸데없는 것인가,
아니면 꼭 해결해야 하는 것인가.

불교에서는 '발원문發願文'이라는 것을 씁니다.
발원문은 부처에게 소원을 비는 내용을 적은 글인데요.
그런데 이 발원문을 쓰면 굉장히 좋은 효과가 있습니다.
마음에 생긴 근심과 걱정을 글로 쓰며 기록하게 되는 겁니다.
여러분도 발원문을 쓰듯이
자신의 고민과 걱정을 한번 적어보세요.
그 내용을 남겨놨을 때 어떤 것이
의미 있는 근심과 걱정인지 판단이 설 수 있습니다.

지금 당장은 괴롭고 힘들겠지만,
과도한 걱정에 짓눌린다면
그러한 자신의 감정을 글로 써보세요.
그렇게 잠시나마 내 안의 걱정을 내려놓아보세요.
켜켜이 쌓인 고민과 걱정의 응어리를
덜어내는 연습이 필요합니다.

그리고 일전에 적어둔 근심 걱정을
어느 하루 정해서 한번 펼쳐보세요.
당신의 고민과 대부분의 걱정이 해결되었거나
설령 해결하지 못했더라도
여전히 웃고 기뻐하는 자신이 거울 앞에 있을 겁니다.

불자들이 근심과 걱정을
발원문을 통해 소원으로 바꾸고,
한 가지라도 수행한 후 자신이 가진 것을
여러 사람과 나누는 일을 기도라고 합니다.
그래서 종교를 가진 분들이
걱정과 근심을 소원이나 희망으로 만드는
뛰어난 연금술사가 되기 쉽습니다.

근심과 걱정을 소원으로 바꿔 적어놓고
매일 그것을 위해 감사할 대상을 만들어보세요.

아니면 꽃에 물이라도 주어보세요.

이렇게 실천할 수 있는 행동을 하나의 습관으로 만들고

정해둔 일정 시간이 흐른 뒤

내가 아직도 똑같은 걱정을 하고 있는지 살펴보세요.

지혜로운 트라우마 다시 보기

트라우마는 그리스 어원으로 상처라는 뜻입니다.
그래서 트라우마(trauma)를 우리 말로 번역하면
'외상'이라고 합니다.
정신에 지속적인 영향을 주는 격렬한 감정적 충격.
여러 가지 정신장애의 원인이 될 수 있지요.
실제로 트라우마로 인해 계속해서 일상생활에 지장을 겪는
외상 후 스트레스 장애, PTSD를 앓는 사람들도 여럿 있습니다.

그런 만큼 최근 들어선
스스로 트라우마가 있다며 가벼이 말하는
분위기를 조심스러워하기도 합니다.
일상의 영위가 어려울 만큼
고생하는 중증 환자들이 있는데,
그들의 고통을 쉽게 내뱉는 언어 습관은
다시 한번 생각해 볼 필요가 있다고들 하지요.
그런 심각한 PTSD를 유발하는

트라우마까지는 아니더라도,
상처처럼 남아 있는 기억은
각자 가지고들 있을 겁니다.
과거의 안 좋은 기억을 반복적으로 떠올리며
괴로워하는 자신을 마주칠 때가 있지요.
이럴 때는 한번 함께 돌아봅시다.

우리는 종종 과거에 힘들었던 일을 이야기하곤 합니다.
그러면서 과거의 어려움이 아물지 않은 상처로 남아
지금도 계속 나를 괴롭힌다고 생각하기도 합니다.
그러나 사실은 과거의 사건이 현실에서 더 이상
장애 요소가 아니라면요?
그저 과거의 부정적인 기억을 끄집어와서
현재의 감정 상태를 부정적으로 유지하는 데
일조하고 있는 것일 수도 있습니다.
그렇다고 하면 이는 기억의 문제이기보다

지금 내 상황의 문제가 더 큰 겁니다.
현재 내가 처한 상황이 부정적이고,
내 생각이 부정적으로 기울어 있기 때문입니다.
그래서 과거의 안 좋은 기억을 자꾸 곱씹으며
이를 현실로 끌어오게 됩니다.

현재 내가 불행하고 부정적인 감정에 젖어있다면,
과거의 기억에서도 어두운 부분만을 가져와
이것이 지금도 나를 괴롭히고 있다고
생각하는 경향이 있음을 우리는 알아야 합니다.
인과관계를 잘못 알고 있다고 설명할 수 있겠습니다.
과거의 상처가 지금의 나를 괴롭히는 것이 아니라,
지금의 괴로운 자신이 고통에 치우쳐
지난날 상처를 오늘로 끌어오고 있는 것이라고요.

이런 경향을 되짚어보는 시간이 필요합니다.

지금부터 나를 돌이켜보면서
지나간 시간 중에 특정 기억을 불러일으켜
그때의 부정적인 감정에 영향을 받고 있지 않은지,
부정적인 부분으로 나를 판단하고
감성적인 지배를 받고 있지 않은지 생각해 보세요.

끝없이 되새기는 과거의 기억이 아니라
지금 자신을 행복하게 만드는
긍정적인 요소가 무엇인지 생각해 봅시다.
내 마음을 채우는 요소를 바꿔보고자 하는 집중력이
이런 현상의 돌파구가 될 수 있습니다.
지금의 오롯한 '나'에 집중해서
내 감정을 바꿔보고자 노력해 보세요.
꼭 과거의 문제만이 원인의 전부는 아닐 것입니다.
'지금, 여기'에 정답의 실타래가 남아있을 겁니다.

잘되면 내 탓! 잘못되면 조상 탓?

잘되면 내 탓, 잘못되면 조상 탓.
좋은 일이 생겼을 때는
그 원인 자체가 나에게서 시작됐다고 생각하고
좋지 않은 일이 생겼을 때는
내가 아닌 다른 요인으로 탓을 돌리며,
돌아가신 조상님까지 불러내는 습관이 있습니다.

부처님 당시에도 많은 대중과 지내시면서
모든 일이 예상대로 흘러가지는 않았습니다.
어느 성주가 부처님과 제자들을
사시공양에 초대한 적이 있습니다.
(사시공양은 점심 공양입니다.
부처님 살아계실 적에는 하루 한 끼만 식사를 하여,
그때가 바로 오전 11시경으로
12간지로 사시巳時에 해당해 사시공양이라 합니다.)
세 시간 가깝게 걸어서 간신히 도착했는데

그새 성주 마음이 변하는 바람에
부처님 일행을 바람맞히고 성문을 열어주지 않았습니다.
성 밖에서 쫄쫄 굶은 채로 다시 그 오랜 시간 걸어
돌아가게 되자 제자들이 투덜거렸습니다.

이때 부처님께서 예상치 못한 일에 대한
원인과 결과를 설명하신 것이 있습니다.
부처님을 포함한 모든 제자들이
성주와 관련된 어떤 악연이 있다는 이야기였습니다.
원인과 결과, 지금 내가 겪고 있는 현상에
반드시 원인이 있다고 생각하는 인과의 법칙이
바로 부처님의 가르침입니다.

그 원인에는 나를 제외하지 않습니다.
원인에는 분명 내 탓도 있는 것입니다.
좋은 일에는 내 덕분에 잘됐다고 생각하고

잘못된 결과는 남탓으로 돌리려는 것은
이기적인 편향, 즉 자기중심적인 심리입니다.
전혀 바람직하지 않으며 지혜롭지 못하지요.
부처님께서는 좋은 일이든 좋지 않은 일이든
어떤 일의 원인에 있어서 스스로를
제외하신 적이 없습니다.

자신의 지난 일주일을 지금 한번 돌아보세요.
예상했던 일, 예상치 않게 좋지 않은 일도 있었을 테지요.
그랬을 때 여러분은 그 일을 어떻게 생각하셨나요.
원인에 나도 포함하셨나요.
아니면 나를 제외하고 생각하셨나요.

다음의 두 가지를 늘 생각하세요.
첫째, 모든 현상의 결과에는
원인이 있음을 놓치지 말 것.

두 번째, 그 원인에서 나를 제외하지 말 것.
결과를 낳은 원인이 나로 비롯되었음을 알고
스스로를 되돌아보려 노력할 때
'실패는 성공의 어머니'라는 말처럼
지금 자신이 겪는 어려움을 극복할
마음 자세가 바르게 잡힐 것입니다.
그러고 나면 그 일이 반복되지 않는
지혜로운 삶의 길이 여러분 앞에 열립니다.

생선을 싸면 생선 냄새가 나고
향을 싸면 향 냄새가 난다.
원인이 있으면 반드시 그 결과가 있는 것이다.
-《아함경》 중에서

신년운세, 보러 가야 할까요?

해마다 새해가 되면
올 한 해의 운세를 궁금해하며
신년운세를 봐볼까 많이들 고민하시지요.
굳이 새해가 아니더라도 아침에 눈을 뜨자마자
오늘의 운세부터 인터넷으로 보는 사람도 많습니다.
다가올 미래를 미리 점쳐보는 행위.
무엇 때문일까요?
운세를 궁금해하는 원인을 바라보면 알 수 있습니다.
바로 내 안에 도사린 두려움을 해소하고
하고 싶은 일, 하려고 하는 일에 대한
좋은 결과를 얻고 싶은 마음에서 출발합니다.

제가 드릴 수 있는 한 가지 답은
자신이 믿는 종교에 가서 고민을 말해보시면 어떨까 합니다.
종교는 기본적으로 인류와 천 년 이상을 함께했습니다.
지금 우리가 하는 고민이

그 오랜 시간 단 한 번도 없었을 리가 없지요.
신자의 고민을 풀어주는 일을
천 년이 넘는 세월 동안 종교가 해왔습니다.
자신의 종교에 가서 여쭙고 상담하면
고민을 해결할 길을 배울 수 있습니다.
종교에 대한 믿음으로 지혜를 얻고,
그 지혜로 고민을 해결하는
하루와 한 달과 한 해가 되길 바라봅니다.

가장 중요한 핵심은
고민과 근심과 두려움을 없애는 삶입니다.
종교가 없다면 어떻게 하냐고요?
제가 무어라 해드릴 것이 없군요. 아하하.
그러나 이번 기회에 그 두려움을
종교로 산책하며 덜어보시면 어떨까요.

운세運勢란 운명이나 운수가
다가오는 기세를 말합니다.
행운이란 준비가 기회를 만났을 때
나타난다는 말이 있듯이
운세 역시 현재 어떤 선택을 하고
어떻게 행동하느냐에 따라 달라집니다.
올해 내 건강이 나빠지지는 않을까,
집안에 무슨 일이 생기지는 않을까
혹은 내가 산 복권이 당첨되지 않을까,
의문만 던져둔 채 가만히 있기보단
다양한 가능성을 열어두며 스스로 준비할 때
운세가 우리에게 다가오며 그 의미를 갖습니다.

마케팅이란 단어를 처음 만들어낸
경영학의 아버지 피터 드러커Peter Drucker가 말했습니다.
"미래를 예측하기 가장 좋은 방법은

미래를 창조하는 것이다.
계획이란 미래에 관한 현재의 결정이며,
꿈과 목표 그리고 자신을 실현하는
유일한 방법은 행동하는 것이다."
그렇다면 올해 내 운세는 내가 점치는 것 아닐까요.
고민하고 불안해하는 마음을 딛고 일어나
올해의 꿈과 목표를 계획하고 그에 따라 행동하는 것.
그리하여 자신의 삶을 마케팅하고
운명을 창조하여 바꾸는 삶.
그것이 여러분의 손에서 피어난 운세가 되기를 기원합니다.

아집과 고집은 고장난 온도계입니다

불교에서는 '고집'이라는 표현보다
'아집'이라는 표현을 자주 씁니다.
고집이나 아집이나 그 의미가 크게 다르지는 않습니다만,
일상에서 자신의 성향을 고민해 보면,
내가 고집과 아집이 강한지 아닌지 알 수 있습니다.

어떤 남편이 퇴근길에 아내의 옷을 직접 사 왔습니다.
이 말을 처음 들었을 때는
남편이 무척 자상하고 섬세하다고 생각했습니다.
그런데 아내의 말을 들어보니
'아! 전혀 아니었구나' 싶었습니다.
아내는 남편이 사 온 옷의 스타일이 별로였지만
싫어도 어쩔 수 없이 입어야 했습니다.
안 입으면 안 입는다고 남편 표정이 차가워졌다고 합니다.
마음에 안 든다고는 감히 이야기할 수 없었던 거지요.
이 이야기를 듣고 이 남편은

'아집이 굉장히 강하신 분이구나' 싶었습니다.

내가 옷을 선물하는 것과 부인이 좋아하는 것 중에
어디에 마음을 두어야 사랑이 전달될 수 있을까요?
내가 선물을 하는 것에만 집중한다면
그것은 아집에 치우친 것입니다.
부인이 좋아하는 것을 우선해서 생각해야 합니다.

어느 청년이 너무나 좋아하는 후배 이성에게
자신의 사랑을 고백하기 위해
자신의 고향 집에서 후배의 집까지
일주일 넘게 300킬로미터를 걸었다고 합니다.
걷는 매일 밤 후배를 향한 애절한 사랑의 편지를 썼고
마침내 깜짝 고백을 했다고 합니다.
너무나 지고지순한 사랑 이야기 같지만
결과는 후배의 놀람과 당황, 거절 그리고 좌절이었습니다.

상대방은 전혀 준비가 되지 않았는데
자신의 용광로와 같은 사랑을 갑자기 쏟아부으니
받아줄 수가 없었던 것이지요.
그 청년에게도 사랑을 아집으로 해서는 안 된다고 말해주었습니다.

아집과 고집의 온도계는 자신만 잴 뿐
상대의 온도를 잴 수 없습니다.
나의 온도를 높이는 게 중요한 것이 아니라
상대가 편안한 온기를 얻도록
자신의 온도를 낮출 수 있어야 하는 겁니다.

막역지우, 진정한 친구란

막역지우莫逆之友란
서로 거스름이 없는 아주 친한 친구라는 뜻이지요.
"저 친구와 막역한 사이다."
한 치의 망설임 없이 그렇게 말할 수 있는
절친한 친구가 있는가요.
있다면 정말 그럴까요.
친구의 여러 가지 조건에 대해
부처님께서 이렇게 말씀하셨습니다.

"서로 막역한 사이라고 할 때는
내가 아무렇게나 해도 된다는 것이 아니며,
나의 마음속 비밀을 털어놓을 수도 있어야 하고
상대의 비밀도 지켜주어야 한다.
비밀을 말할 수 있고 또 그 비밀을 지켜주는
친구야말로 바로 막역한 사이다."

친구의 비밀, 가족 내력, 성장 과정 등
허물을 듣거나 알게 되더라도
내가 지켜줄 자세가 되어있을 때
진정한 친구라 일컬을 수 있겠습니다.
좋을 때만 친한 것이 친구가 아닙니다.
좋지 않은 상황이 와도 거친 말로
경멸하거나 지적하지 말아야 합니다.
일반적으로 우리가 서로 친해지면
친함의 표현으로 안 좋은 말을
쉽게 내뱉기도 하지요.
이는 정말 친한 사이에도 쉬이 금을 냅니다.
나는 친밀함을 표현하기 위해서 그랬다고 생각하지만
상대에게는 깊은 상처가 될 수 있기 때문입니다.

오랜만에 만났는데 꼭 나의 부족한 부분만
지적하는 친구가 있습니다.

이왕이면 친구의 좋은 면을 먼저 봐줘야 하는데,
아무리 스스럼이 없다고 하지만
친구의 허물을 먼저 이야기하고
상처가 되게 말한다면 이는 막역지우가 아닙니다.

여러분도 한번 돌아보세요.
숨기고 싶었던 아픔을 내 친구에게 말할 수 있는가.
그리고 그 친구는 내 아픔과 비밀을
잘 지켜주는 친구인가.
반대로 친구가 어떤 잘못을 했을 때
나 역시 거칠게 지적하지는 않는가.
농담으로라도 친구를 비난하고 있지는 않나.

'내가 과연 누군가에게 막역한 사람인가.'
이것을 한번 돌아보신다면,
내 언행을 되짚고 신중히 임한다면

어느새 누군가의 진정한 친구가 되어있는
나를 보실 수 있을 겁니다.

막역지우란 역으로 나를 돌아보며
친구를 대하는 자세를 바로잡는 일일지도 모릅니다.
내 자세를 고쳐 앉을 때
거울을 보듯이 친구 역시 자리를 고쳐 앉습니다.
그때 진짜 서로의 모습을 볼 수 있습니다.

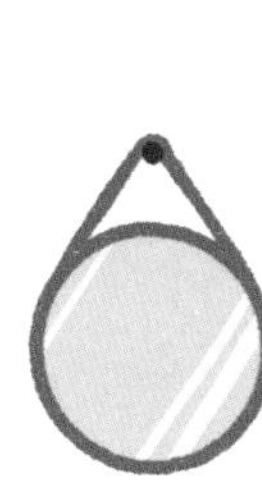

적극적이지 않은 친구, 어떻게 해야 하나요?

친한 친구인데도 왠지 늘 나만
적극적으로 대하는 경우가 있습니다.
친구는 마지못해 답을 하곤 합니다.
무척 수동적인 친구 때문에
만나면 지치는 느낌이 듭니다.
이런 친구에게는 어떻게 해야 할까요?

예전에 이런 질문에 상담해드린 적이 있습니다.
많은 친구를 사귀다 보면 그런 친구도 있지요.
첫 번째, 그 친구가 모든 사람과의
관계에서도 그러는지 살펴보세요.
나에게만 수동적으로 구는지,
아니면 그 친구의 성품 자체가
예스도 없고 노도 없이
질문에 대답을 늘 못하는지
먼저 확인할 필요가 있습니다.

나 말고도 모든 사람과 그렇다면,
말로 잘 표현하지는 못하지만
나를 좋아하고 있고 관계를 오랫동안
유지하고 싶어 할지도 모릅니다.
성정이 그런 친구라면
일정 부분 내가 감수해야 하기도 합니다.

그러나 친구가 다른 사람과의 관계에서는
딱히 그러지 않는다면,
시간이 지나면서 친구에게 있었던 변화를
혹시 내가 모르고 있지는 않은가 생각해 봐야 합니다.
만약 친구가 나에게만 수동적이라면
한 번쯤 내가 적극적으로 행동하지 않는 것도 방법입니다.
서로가 시간을 갖는 일도 필요하지요.
왜 그러느냐고 묻거나 일부러 방법을 찾으려 하지 말고,
그냥 그대로 놔둬 보세요.

분명히 친구가 먼저 말을 걸거나,
적극적으로 임하려는 순간이 올 것입니다.
그때부터 그런 상황을 이끌어내
능동적으로 주고받는 관계로 나아가 보세요.

대화가 오가며 서로 발전하고
시너지를 줄 수 있는 친구는 무척 중요합니다.
그런 만큼 사소하게는 식당에 함께 갈 때라든가
중대하게 무언가 결정할 때도
나만의 의견이 아닌, 친구의 안목도 필요합니다.
그런데 이런 상호 작용이 원활하지 않고
일방적으로만 유지되고 있다면
쓸쓸할지라도 한 번쯤은 진지하게
이 관계를 돌아보시길 바랍니다.

사실 모든 관계에 애를 써가며

나를 소모하지 않아도 괜찮습니다.
진정 소중한 관계라면
내가 위하는 만큼 상대도 그를 알고 나를 위해주기에
나 홀로 전전긍긍 매달리지 않고도
편안하게 인연을 이어가기 때문이지요.

나 혼자 너무 무언가 해보려는
노력을 잠시 멈추고,
관계를 원점에서 되짚어볼 필요도 있다는 것.
시간을 갖는 것도 서로가 합의점을 찾아가는
하나의 방법입니다.
당신을 고민에 빠뜨리는 친구가 있다면
한번 찬찬히 돌아보시길 바랍니다.

상담했던 분의 후일담: 연락을 멈춰보니 상대방의 연락도
거기서 끊어졌다고 합니다.

자주 만나는 친구가 되어주세요

친구라고 하는 관계는
친할 친親자에 옛 구舊자를 써서
오랜 시간 관계를 맺었다는 의미입니다.
친親자의 한문에는 볼 견見자가 들어가지요.
결국 우정이란, 서로가 서로를 바라보는 겁니다.
본다는 개념은 무엇일까요. 바로 소통을 뜻합니다.
그러니까 우정은 서로가 소통할 때
한 겹씩 차곡차곡 쌓여가는 겁니다.
누가 더 노력하고 하지 않고의 차원이 아닌 거지요.

사찰에서는 스님들을 도반이라고 합니다.
도반이란 배움의 길을 같이 가는 사람입니다.
같이 가야 합니다.
나는 가고 상대는 가지 않으면
도반이 될 수 없습니다.
우정도 마찬가지입니다.

자주 소통하고 돈독해지면서
자연스럽게 서로를 받아줄 때
정이 쌓이고 진정한 벗이 되며 우정이 피어납니다.
그런 우정은 서로의 허물도 잘못도 이해할 수 있습니다.
우정이 깊은 친구 한 명 두 명,
혹은 세 명만 있어도 마음 부자입니다. 잘 사신 겁니다.

살면서 문득 외로울 때, 슬프고 아프고 힘들 때일수록
더욱 빛이 나는 것, 친구!
바로 우정입니다.
잠시 여력이 될 때면 친구를 만나
여러분의 인생을 곁에서 받쳐줄
소중한 우정을 탄탄히 지어보시길 바랍니다.
그 건축물은 비가 오나, 눈이 오나
서로를 지킬 것입니다.

2장

잠깐 커닝페이퍼를 펼쳐봐도 됩니다

사람을 만나야 바뀝니다, 둥그런 자갈처럼

스님끼리 지내다 보면
분명 성격이 안 좋은 스님도 있습니다.
하지만 모여 살다 보면
모난 성격이 강가의 자갈처럼 둥그렇게 변합니다.
모난 사람끼리 만나 살며 둥그레지는 겁니다.

사람 관계는 사람을 만나야 바뀝니다.
사람 관계는 책으로 배울 수 없습니다.
제가 만난 청소년 중에
의지도 강하고 책도 많이 읽은 친구가 있었습니다.
유독 다른 사람을 바꾸고 싶어 하는 의지가
강한 것이 눈에 띄었습니다.
그래서 한마디 해줬지요.

"세상에서 제일 어리석은 게
사람을 바꾸려고 만나는 거다.

그리고 '사람을 만나며 나도 바뀌어야지'
하는 것도 어리석은 거다.
사람은 만나야지 되는 거다, 그냥.
누군가를 만나지 않으면 자기 모습을 볼 수가 없다."

주지 스님이 되면 다 제 말을 들으러 옵니다.
저를 거역하는 사람은 절에 안 오지요.
그러다 보니까 어느 순간에
제가 진짜 잘 살고 있는 줄만 알았습니다.
화도 없어진 줄 알았습니다.
왜냐하면 다 나한테 맞춰주는 사람들이 온 거니까.
내가 진짜 경지에 이르렀구나 착각하고 맙니다.

도반과 사형 사제랑 만나고,
다른 일과 관련된 사람을 만나면서
그제야 제 진짜 모습을 알게 되었습니다.

내가 인간관계를 턱없이 좁게 살았구나 하고요.
이런 비좁은 관계를 떠나 사람을 많이 만나야겠구나,
주지 스님이 되다 보니 대우도 받고
이러니 착각을 했구나,
더 많은 사람을 만나야겠구나 싶었지요.

《보왕삼매론》에 뜻이 맞지 않는 사람과
함께 일을 도모하라는 말이 있습니다.
이것만큼 지옥스러운 게 없는데,
우리가 인간관계를 겪다 보면
3명 중에 1명은 마음에 안 들기 마련입니다.
그걸 알아야 합니다.
그걸 알기 위해서는 만나야 합니다.

나를 가장 잘 알고
나에게 불편함과 편함을 동시에 줄 수 있는

가족부터 만나보길 권해드립니다.
가장 가깝다고 생각한 가족과도
모난 데 부딪혀 마찰이 생길 수 있습니다.
이를 몸소 겪어보며
관계의 시작점부터 조금씩 둥글어져
더 많은 이를 만날 때
더 매끄러운 관계를 형성할 수 있습니다.

여러 사람을 가능한 한 많이 만나보며
자갈처럼 둥그렇게 되는 것이 최선입니다.
누가 정 하나 들고 가서 깎아주는 게 아닙니다.
강으로 직접, 나가셔야 합니다.

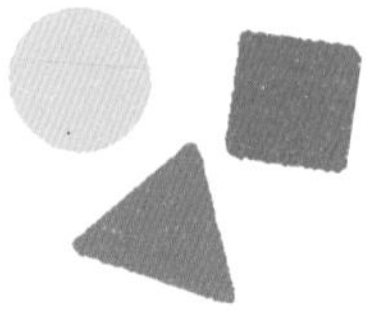

주인공은 사실 너희일 텐데

청소년과 어린이 포교에 힘써 활동하고 있습니다. 사단법인 파라미타 청소년연합회 상임이사와 조계종 어린이 청소년전법단 단장도 역임했습니다. 포교를 하는 일이 종교인의 업무 중 하나이지만 그중에서도 어린이와 청소년에게 포교를 하는 일은 제게 많은 깨달음을 줍니다. 청소년들의 눈빛 하나하나가, 그들의 문장 하나하나가 어른이 된 저에게는 새롭고 제가 미처 보지 못했던 부분을 보게 만듭니다.

요즘 아이들 학원 참 많이 다니지요? 학교 끝나면 학원 버스가 줄을 서 있다고 합니다. 심지어는 유치원이 끝나도 학원 버스가 줄을 서 있다고 하니 사교육이 얼마나 강조되는 사회인지 실감이 납니다. 우리 때는 뛰어 놀기에도 바쁜 나이일 텐데 말이죠. 그런 어린이와 청소년에게 하는 포교 활동은 잠시나마 마음의 평안을 주는 일이기도 합니다. 공부도 중요하겠지만 마음을 돌보는 종교라는 공간을 소개하는 일이죠. 잠깐 멈춰도 세상이 달라지지는 않습니다. 그저 멈춘 우리가 쉴 수 있는 것이죠.

포교원에 있을 때도, 제가 조계사에서 소임을 볼 때도 대학생들을 만나본 적이 있습니다. 물론 그전에도 전북 장수 성관사 사찰에서 은사 스님을 모시면서 정말 작은 면 단위였어도 초등학생, 고등학생들을 만나며 느낀 점이 많았지요. 종단에 와보니 파라미타라는 우리 종단이 만든 청소년 단체가 있더군요. 저는 어린이와 청소년이 한국 불교의 미래라고 생각합니다. 우리 스님들이 더 많은 시간과 노력을 쏟아야겠죠. 정말 이 친구들을 보면 힘이 절로 납니다. 내가 당장 무엇인가를 해야겠다는 현재의 의욕과 내가 무엇을 할 거라는 미래의 다짐을 함께 할 수 있으니까요. 결국 남을 포교하는 일이 저를 포교하는 일 아닐까 싶기도 합니다. 포교를 통해 저를 더 많이 들여다보고 마음 공부를 더 많이 하게 되니까요.

아이들이 저를 따르기보다는 제가 아이들을 더 많이 따랐습니다. 저는 길의 진입을 도울 뿐이었고 아이들이 스스로 깨닫고 공부해가는 과정이 저를 깨닫게 해주었으니까요. 사실 어른이 불교를 고이게 만드는 거 아닌가 싶습니다. 불교를 더 어렵게, 더 심오하게 만드는 것이지요. 아이들의 시선으로 보면 그렇지 않은데 말입니다. 진짜 포교란 그 포교의 대상자를 주인공으로 만드는 일입니다. 그런데 불교를 어른의 입장으로 설명하면 그건 어른의 말에만 고여 있고 말지요. 불교를 아이들의 입장에서, 아이들이 주인공이 될 수 있게 말해줘야 합니다. 이 친구들이 뛰어놀 그림을 만들고 장을 여는 게 어른의 몫이지요. 많은 장소를 만들고 더 쉽게 다가가는 게 우리가 해야 할 일입니다.

조금 부족하면 어떻습니까. 그게 바로 아이들의 모습이니까요. 오히려 그 부족한 빈 공간을 통해 더 깊은 진리로 다가가기도 하니까요. 우리가 아직 이런 부분에 있어서는 부족합니다. 아이들에게 다가가는 법도 부족하고 아이들의 시선을 이해하는 법도 부족합니다. 우리가 끊임없이 노력해야 하는 부분이겠죠.

아이들이 알아서 자기주도학습이 가능하면 너무나 좋겠죠. 그게 어려우니 다들 학원 보내고 과외하고 하겠지요. 그런데 너무 서둘러 뛰다 보면 멈추는 법을 커서도 배우지 못합니다. 어리기에 배울 수 있는 시선과 영역이 있습니다. 불교는 사실 자기주도학습이 가장 잘 이루어지는 집단일지도 모릅니다. 만일 그림 그리는 숙제가 있고, 그림을 잘 못 그려 답답한 사람이 있다고 생각해 봅시다. 불교는 그림을 못 그리는 사람의 손을 잡고 선을 그려주고 색칠을 돕는 일을 하는 게 아닙니다. 그냥 그가 그릴 그림을 기다려주죠. 진짜 그림 자체를 그리도록, 조금 더딜지라도 조언도 해주고 옆에서 비빌 언덕이 되어주기도 하면서 기다려주는 것이지요.

공부라는 말도 인생이라는 말에 포함됩니다. 오늘이라는 말도 인생이라는 말에 포함되고 좋은 성적, 좋은 대학, 좋은 직업이란 말도 인생에 포함되죠. 근데 인생이라는 게 완성되기 전까지는 모르는 것 아닙니까. 좋은 성적, 좋은 대학, 좋은 직업을 가졌을지라도 내 마음에 병나는 거 모르는 사람이 많고 타인 마음에 병나는 거 모르는 사람이 좋은 인생은 아니니까요.

결국 그림을 그리는 일도, 인생을 그리는 일도 마찬가지입니다. 자기가 부딪치고, 자기가 깨달아 완성해낸 그림이 진짜 그림 아닙니까. 벌써 어른의 입김에 좌지우지되는 그림이 어찌 온전히 완성될 수 있겠습니까.

자식에게 어떤 선물을 주셨나요

어린이날 선물 베스트를 보니
몇 가지를 제외하곤 대부분 잘 모르는 것들이더군요.
로봇 미니특공대, 닌텐도 게임, 인라인스케이트,
심지어 드론도 있습니다.
초등학생부터 대학생까지
부모가 자식에게 줄 선물은
때에 따라 무궁무진하겠지만
저는 이렇게 권하고 싶습니다.

“인생의 스승을 맺게 해주세요.”

여러분은 아이들에게
좋은 학교와 잘 가르치시는 학원 선생님,
이를 찾기 위해 노력 많이 하시죠.
물론 참 중요한 부분이라 생각합니다.
아이들의 학업과 관련이 있으니까요.

좋은 학교와 유명한 학원에 다니면서
성적도 높이고 학벌도 좋아지면
자랑스러워할 수 있겠습니다만,
여기서 한 가지 여쭙고 싶습니다.
여러분 자제분들의 성품에 대해서는
과연 제대로 알고 계신가요?

공부 말고 성품을 가르쳐주는
학교나 학원을 찾기는 쉽지 않을 겁니다.
보통 부모님이 자신의 자녀에 대해서
성품을 가장 잘 알 것 같지만,
지금까지 상담해 본 결과
부모와 자식 간에 그 부분이 가장 어렵고
해결하기 힘들었습니다.

부처님 일화가 하나 있습니다.

부처님께 출가 전 태어난 아들이 하나 있었지요.
라훌라, 7세 때 부처님을 따라서 출가했습니다.
여기서 한 가지 주목할 점은
부처님이 모든 제자들의 스승이시면서도
정작 자기 아들의 직접적인 스승은
부처님 당신이 아니라 사리불이었던 겁니다.
석가모니 십대 제자 중 1인자로
지혜가 가장 뛰어난 사리불에게
아들을 잘 이끌어달라며 스승 역할을 맡기셨습니다.
스승을 사리불로 둔 라훌라는 계율을 철저히 지키며
송독을 게을리하지 않았고
누가 보든 말든 묵묵히 밀행을 완수하여
많은 사람에게 존경받았습니다.

이처럼 자녀의 어린 시절에,
인생의 스승을 맺게 해주세요.

그래야 부모님이신 여러분에게 보이는 면 말고
또 다른 면의 아이의 성품을 알 수 있습니다.
커가는 과정에서 어려움이 있거나 힘든 일이 있을 때
부모에게 모두 다 이야기할 수는 없습니다.
그때 인생의 스승에게 질문하고
해결할 수 있게 해주세요.

불교에서는 꼭 출가하지 않아도
스님과 인생의 사제 관계를 맺는
유발상좌有髮上佐가 있지요.
삭발하지 않고 머리카락을 기른 채
은사 스님을 따른다는 뜻으로,
재가자로 살면서도 법을 공부할 때는 물론
즐거울 때도 어렵고 힘들 때도
틈틈이 은사 스님을 찾아뵙고
가르침을 구하며 평생토록 스승으로 모십니다.

천주교에선 신부님 수녀님도
인생의 스승이 될 수 있고,
세례를 받을 때 후견인이 되어주는
대부와 대모도 스승이 될 수 있겠지요.
훌륭한 스승은 공부의 기술을 알려주는 사람이 아니라
성품, 그 진리를 배우게 하는 사람입니다.

자식에게 좋은 스승을 선물해 주세요.
인생의 70퍼센트가 달라집니다.
그걸로도 충분히 선방한 겁니다.

지금 무언가를 배우고 계신가요?

내가 지금 무엇인가 새로운 걸 하나 정해서
공부해 보려 하고, 알아보려고 하는 것이 있다면
여러분은 지금 아주 건강하신 겁니다.

'내가 지금 뭘 배워야 할지 모르겠다'
혹은 '이 나이에 뭘 배워,
딱히 좋아하는 것도 없는 거 같고……'
이렇게 생각하며 익숙한 일만 반복하고
새로운 무언가를 전혀 하지 않으면
의식이 굳어버립니다.
마음의 의욕이 사라지고 쉽게 늙어버립니다.

스스로를 되돌아보면서 무언가 하나라도
좀 더 해보려는 마음,
새롭게 한번 알아봐야겠다는 생각을 품어보세요.
없으면 유튜브를 찾아보거나 책을 펼쳐보세요.

하다못해 작은 열대어라도 키워보세요.
연세가 있으신 분들은
손주에게 핸드폰 쓰는 법을 배워보시면 어떨까요.
이런 식의 아주 사소한 것일수록 더 좋습니다.

스님의 수행도 매일 똑같아 보이지만 실은 전혀 그렇지 않습니다.
오늘은 호흡을 이렇게 하는 것이 더 낫구나,
단전에 힘주는 법을 바꾸어보기도 하고
화두도 새롭게 시도해 봅니다.
아주 사소한 데서도 늘 하는 부분이 조금씩 다르고
그렇게 배우며 깨닫는 부분도 많습니다.

배우십시오. 거창하지 않아도 좋습니다.
아주 작은 어느 한 가지라도 배워보려 하고
그것을 위해서 시간과 노력을 들여보세요.
조금씩 발전하는 자신을 발견하고

의욕과 함께 성취감을 느끼면서
건강해지는 자신의 마음과 마주해 보세요.

가족, 자녀, 일. 다 좋습니다.
그러나 그런 가운데 나만을 위해서
하나라도 익혀보고 싶고 알아가고 싶은 것을
꼭 만드셔서 실천해 보세요.
지금부터 새롭게 하나라도 배워보려 하는
그 마음을 한번 일으켜 내신다면
자신에게 많은 용기와 긍정적인 에너지를 주며
살아가게 될 겁니다.
항상 우리를 재촉하는 시간은 '지금'입니다.

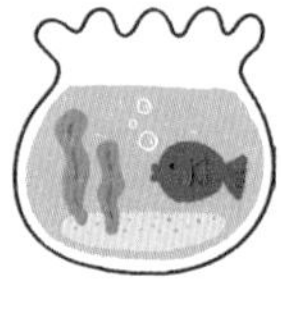

어떻게 하면 행복할까요

행복을 생각하는 것이 가장 중요합니다.
행복을 생각하지 않는다면
스스로 행복을 포기한 것과 같습니다.
행복해지려면 행복에 대해 자꾸 생각해야 하고
행복에 있어서 문제를 자꾸 들여다봐야 합니다.

불교에서 화두는 답이 아니고 질문입니다.
너무 궁금해서 잠도 안 오는 질문이 화두입니다.
행복이라는 질문을 놓지 않아야
답을 찾을 수 있습니다.
어떤 사람이 행복이 무엇일까요,
어떻게 하면 행복할까요 물으면
그 질문을 하는 사람이 훌륭한 것이라고 답해줍니다.

'개시개비皆是皆非, 모두 옳고 모두 틀렸다.'
'아시타비我是他非, 나는 옳고 남은 틀렸다.'

이것은 원효 스님의 화쟁사상으로
'다툼을 화해시킨다'는 것이 핵심입니다.
우리가 어떻게 함께 살아야 하고
어떻게 갈등을 이겨내며 살아가야 하는가.
내가 옳으냐 네가 옳으냐,
이 생각에서 벗어날 필요가 있습니다.

누군가의 옳고 그름을 찾으려는 사고,
우리는 모두 정답을 찾으려고 하지만
지금 당장에는 그것이 정답인지 오답인지 알 수 없지요.
무엇이 옳은지 정답을 찾다가
오히려 길을 잃기도 합니다.

어쩌면 삶이란 옳고 그른 답을 따지는 게 아니라
그 모든 답을 열어놓고 함께 나아가는 일일지도 모릅니다.
거기서 유념해야 할 건

우리 모두 틀릴 수도 있고

우리 모두 맞을 수도 있다는 것.

그러니 옳고 그름에 연연하지 말고

모든 것을 한껏 열어둘 때,

비로소 진정한 행복을 맞을 수 있을 겁니다.

당신의 행복이 걸어오는 걸 볼 수 있을 겁니다.

50대 행복이 80대까지 간다

행복의 조건 1부

하버드 대학교에서 무려 72년에 걸쳐
진행했던 연구가 있습니다.
하버드 법대생, 도시빈민층의 남성,
IQ 150 이상인 여성 등 모두 814명을 선정해
생애를 추적하는 연구를 했다고 합니다.
이 연구를 통해서 얻고자 한 건
'인생에서 가장 필요한 게 무엇일까?
나는 과연 행복한가? 그리고 앞으로 행복할 수 있는가?'
즉, 행복의 조건입니다.
마음, 정신, 신체적인 부분까지 고려해
72년간 데이터를 모았고
지금도 현존하는 자손까지 조사하고 있다고 합니다.

이 연구에서 가장 중요시했던 부분이 있습니다.
바로 〈행복의 7가지 조건〉입니다.
이 7가지 조건에서

50세까지 조건 5~6가지를 갖춘 분들은
80세가 되어서도 객관적인 지표상으로나
주관적인 보고상으로나
모두 행복하다고 측정되었다 합니다.
그 조건을 3~4가지도 갖추지 못하신 분들 중에선
80세까지 사시는 분이 일단 적었고,
설령 80세가 되어서도 나는 행복하다고 보고한
비율이 채 10퍼센트도 미치지 못했다고 합니다.

여러분도 한번 생각해 보세요.
과연 내가 그 조건을 얼마나 갖추고 있는지요.
내 삶에 연관된 것 중에서
'내가 감사하고 행복해하는 게 무엇이 있을까?'
한번 고민해 보세요.
행복의 7가지 조건들을 하나씩 소개하며
비교해 보도록 하겠습니다.

고통에 대한 성숙한 방어기제

행복의 조건 2부

첫 번째 행복의 조건은 무엇일까요.
돈? 건강? 잘 만난 부모님? 좋은 운 타고나기?
그 첫 번째는 바로
'고통에 대한 성숙한 방어기제'입니다.
말이 어려운데 쉽게 말해서 이런 것입니다.
어려움이 닥쳤을 때 얼마만큼 잘 대처하는가?
잘 이겨낼 만큼의 기본적인 성품이
어떻게 갖춰져 있는가를 말합니다.

우리는 성공을 해야만 행복해진다고 생각하며
모두 성공하려고만 하는데,
사실 행복의 첫 번째 조건은 성공이 아니라
고통을 얼마나 지혜롭게 대하느냐입니다.
이는 우리가 필히 갖추어야 하는 자세이며
자녀에게도 일러주셔야 할 요건입니다.
이렇게 해야 성공하고 훌륭해진다고

가르칠 게 아니라
어려움이 생겼을 때 어떻게 헤쳐나갈지
대처하는 성품을 배워야 한다는 것이지요.

친구와 싸우고 돌아서서 관계가 끝났을 때,
친구에게 오해받을 때,
좋아하는 친구가 나를 싫어할 때,
공부를 열심히 한다고 했지만 성적은 별로일 때,
성적은 잘 받고 싶지만 공부는 하고 싶지 않을 때…….
어린 시절부터 수없이 겪는 고통을
어떤 마음 자세로 부딪치며 살아야 하는가.
그것이 가장 중요합니다.
고통을 어떤 태도로 마주하는가.
여기에서는 '성숙한 마음 자세'라고 표현했는데요.
저는 고통을 대하는 '지혜로운 자세'가
필요하다고 생각합니다.

학교에서, 직장에서 그리고 수많은 대인관계 속에서
시시때때로 겪는 고통을
여러분은 얼마나 성숙하게 대응하고 있나요?
고통과 두려움이 닥쳤을 때
어떠한 마음가짐으로 받아들이는지
한번 돌아보세요.
감정적으로 대하십니까. 화를 내십니까.
혹은 두려워서 도망가시지는 않습니까.
아니면 용기 내어 맞서 이겨내시나요.
그것도 아니면 지금 기로에 서 계십니까.
마음의 질문을 이정표 삼아 한 걸음 움직여보시길.
거기서 시작됩니다.

상처와 고통을 대하는 미성숙함

행복의 조건 3부

고통에 대한 성숙한 마음 자세를 갖는다니
무슨 의미일까요?
이를 설명하기 위해 반대로
'미성숙'한 게 무엇인지부터 알아봅시다.

미성숙함이란,
어릴 때의 기억을 떠올려보면 이해하기 쉽습니다.
자신이 잘못한 것을 알면서도
기분 나빠서, 인정하기 싫어서,
밥도 안 먹고 못 들은 척했던 일들.
흔히 반항이라고 표현하지요.
이러한 행동이 스스로도 손해인 것을 알지만
자신의 고통과 마음의 현 상태를
직접 말하지 못하다 보니
방 안으로 들어가 나 혼자 문을 걸어 잠그던 어린 시절.
우리 모두 미성숙했던 것이지요.

그리고 한 가지 더 있습니다.
인간관계에 있어서 자기 혼자 상처받고
고통스러워하는 일입니다.
상대가 의도한 일도 전혀 아닌데
홀로 상처받아선 집에 와서도 생각나고,
하루가 지나도 마음 아프고,
더 심하면 치밀어오르는 화에 부르르 떨기도 하고…….

실제로 이런 상황이 생기면
여러분은 어떤 자세를 취하나요.
나는 절대 잘못한 게 없다고 하거나,
'내가 이상한 게 아니라 그 사람이 이상한 거다'
그러면서 아예 부인하는 자세가 있고,
인정하기는 하는데 위에서처럼
자신을 아프게 후벼 파는 사람도 있지요.
잘못해놓고 화내는 사람들.

잘못했다고 인정하면서도 괜히 성내는 사람들.
객관적이지 못한 채 감정에 휘둘리는 사람들.
이 또한 미성숙한 자세입니다.

여러분, 고통이라 하는 것은
내가 받아들임에 있어서 감내하기가 어려운
감정적인 증상입니다.
상대가 잘하고 못하는 것과는 관계가 없습니다.
누군가를 이야기할 때
저 사람은 나의 적이야, 미워해도 돼.
혹은 저 사람은 나의 아군이야, 좋아해야 해.
이런 식으로 자기감정을 편협하게
양극단으로 만드는 마음 자세.
이런 자세가 미성숙한 모습입니다.

여러분이 어떤 상황을 받아들이면서

지금 말씀드린 이러한 모습에 포함되신다면
‘내가 미성숙한 태도로 현상을 바라보고 받아들이고 있다’
라고 생각해 보시길 바랍니다.
성숙한 자세에 대해서도 다시 한번
돌아볼 수 있기를 바랍니다.
자세를 고쳐 앉는 것,
시작이 어렵지 그 이후는 쉽습니다.

마음의 상처를 다루는 성숙한 자세

행복의 조건 4부

마음에 상처 입는 일이 생겼을 때
그것을 대처하는 성숙한 자세는 어떤 것인가
이에 대해 말씀을 드려볼까 합니다.

예를 들면 가깝게 지내던 친구가 어느 날
여러분의 단점을 이야기할 때가 있습니다.
성격이나 태도, 혹은 그동안 했던 말에 있어서
잘못된 부분을 지적할 때,
때로는 그 말이 가슴에 비수처럼 꽂힙니다.
그동안 성심성의껏 잘해왔는데
저 친구는 왜 나에게
내 모자람을 들춰내어 공연히 지적할까.
기분 나쁘고 불쾌할 수도 있습니다.
정도가 심하면 원망스러운 마음에
앞으로 이 친구와는 그 어떤 말도 할 수 없을 것 같다며
나서서 친구의 단점을 찾아내기까지도 합니다.

상처받은 마음이 여기까지도 흘러옵니다.

누군가가 자기의 허물에 대해서 말할 때
이를 듣고 극복할 수 있는지 아니면
그대로 기분 나빠하고 마는지의 여하에 따라
미성숙한 자세와 성숙한 자세의
차이가 드러납니다.

바로 그 자리에서 유머러스하게
"친구야! 미안해, 내가 그런 면이 좀 있지.
내가 정말 고치려고 하는데 아직 잘 안돼.
점점 고쳐나가려고 더 노력할게.
이렇게 말해줘서 고마워.
잘 들었어, 고쳐볼게!"
혹은 "사실 진짜 몰랐어. 내가 그때 실수했었네"
이렇게 내 허물을 받아들이고 이야기하면

그 한마디에 상황이 얼마나 너그러워지고
상대는 물론 자신까지 여유로워지는지
한 번쯤은 겪어보신 적이 있으리라 생각합니다.
바로 그것이 성숙하게 대처하는 자세입니다.

이런 상황에서 나에 대한 지적을 부정하고
오히려 친구가 자신을 잘못 알고 있다고
생각하는 마음이 불쑥 치고 올라올 수 있습니다.
잠시 마음을 눌러두고 '그래, 나 그런 면이 좀 있어'
일단 이렇게 인정하며
친구와 다음 대화를 이끌어간다면
여러분은 한층 더 성숙해지실 겁니다.
받아들임과 부드러움을 가지고 대화하는 것.
삶에 꼭 필요한 지혜이기도 하지요.

자기의 허물이나 부족한 면을 흔쾌히 받아들이기는

누구나 쉽지 않습니다.

그래도 '아! 나에게 그런 면이 있지. 아직도 안 고쳐지네'

이런 마음으로 대하신다면

어느새 행복에 한 걸음 더 다가가 계실 겁니다.

이타적인 마음 승화

행복의 조건 5부

마음이 고통스러울 때 괴로워만 하지 말고
아픔을 극복함은 물론
그 이상으로 고통을 승화시켜
이타적인 마음으로 타인에게 기여와 발전까지 해낸다면
정말 대단한 일이 아닐 수 없겠지요.
인도의 다슈라트 만지라는 분의 이야기를
들려드리고자 합니다.

다슈라트 만지는 농부였습니다.
늘 점심을 가져다주는 아내가
어느 날 시간이 지나도 오지 않았습니다.
걱정되어 집으로 가보니
갑작스런 병으로 앓아누워 있었지요.
아내를 데리고 병원으로 가야 하는데
만지가 살고 있던 마을은
굉장히 높은 바위산의 산 중턱에 있었습니다.

해서 의사가 있는 마을까지 가려면
돌바위로 가로막힌 그 산을
무려 70킬로미터나 돌아가야 했습니다.
그럼에도 불구하고 아내를 등에 업고
의사를 만나러 나섰지만
결국 아내는 길에서 죽음을 맞고 맙니다.
만지에게 너무나 큰 슬픔과 고통이 찾아온 거지요.
여기서부터 이야기가 시작됩니다.

그날부터 만지는
끌과 정, 이 두 가지만 가지고
두 손으로 산을 뚫기 시작했습니다.
아내를 잃은 아주 큰 슬픔,
이 산에 길이 뚫려 있고 자동차가 다녔다면
아내는 충분히 살았을 텐데 하는 생각,
그리고 끝내 아내를 살리지 못했다는 자책감에

아무도 권하지 않았음에도
그 암벽의 산을 무려 22년간 뚫어서 길을 냅니다.
두 번 다시 자기 아내와 같은 슬픔이
다른 사람에게 반복되지 않기를 바라면서…….

그 사실이 화제가 되면서
훗날 주지사가 포장도로도 건설해 주고
마을에 병원까지 지어줬다고 합니다.
다슈라트 만지.
마음의 아픔과 고통이 너무나 커서
좌절하고 자책에 젖은 삶을 보낼 수도 있었지만
이분의 선택은 산을 뚫는 것이었지요.
이런 것을 승화라고 합니다.
이분이 보여준 모습들,
그 큰 아픔을 딛고 일어나며
오히려 더 많은 이들이 자신과 같은 아픔을

겪지 않게 행동하는 것.
이것이 바로 이타적인 마음의 승화입니다.

나의 고통을 이겨내고
한 단계 더 성장을 일구는 사람들이
돌아보면 참으로 많이 계십니다.
여러분도 가만히 생각해 보시고
나의 성숙한 마음 자세는 과연 어떤 걸까,
나는 과연 어떤 일을 해낼 수 있을까.
한번 고민해 보는 시간을 가져보세요.

교육, 스스로를 위해 배우자

행복의 조건 6부

행복의 7가지 조건 중 다음 하나는
바로 교육입니다.
하버드의 인생 연구를 보면
나이가 들어도 과거에 하지 못했던 걸
다시 배우려고 하는 사람들,
그리고 무엇인가를 배우며
함께 나누기도 하는 사람들은
6~70세가 되어서도 행복하다고 합니다.
실제로 주변에 나이가 들어서도
새롭게 배우고 익히려 하는 자세를 가진 분들은
뵐 때마다 무척 행복해 보이십니다.

여러분도 혹시 지금 무슨 공부를 하고 있나요?
무언가 배우고 있는 부분이 있습니까?
지금 일을 하고 직장 생활을 하고
돈을 버는 것도 좋지만,

자신을 위해서 새로 도전하는 것이
무엇이 있는지, 한번 생각해 보세요.
항상 새로운 것, 하고 싶은 걸 찾아 나서야 합니다.
그리고 하고 싶은 꿈을 이루기 위해 공부해 보세요.
그것을 익히는 시간이 교육입니다.

행복의 7가지 조건 중 하나가
늘 탐구하고 배우려는 자세를 놓지 않는 겁니다.
일에만 너무 집중하여 모든 시간을 보내다 보면
이내 공허함이 밀려옵니다.
꼭 새로운 것, 원하는 것을 발견하시고
내 것으로 익히시길 바랍니다.
여러분의 시작에 많은 이의 응원이 뒤따를 겁니다.
거기에 저도 있음을 잊지 말아 주세요.

반복적이고 규칙적인 운동을 하자

행복의 조건 7부

앞서 행복의 조건으로
교육이 필요하다는 이야기를 했습니다.
50대 60대 70대가 되어도 항상 배워야 합니다.
물론 이는 모든 연령대가 포함되지요.

어떤 일을 하더라도 그 일 말고도
내가 항상 무엇인가를 배우려 하는 열망,
나이가 들어가도 새로움에 대한 도전은
우리 뇌를 젊게 합니다.
102세가 되신 어르신 중에
98세에 석사학위를 취득하신 분도 계십니다.
이런 분들이 바로 건강한 뇌를 갖고 계신 겁니다.

뇌는 혈관의 덩어리라고 표현을 합니다.
혈관의 덩어리라 함은
자극을 주어야지만 건강해짐을 의미합니다.

즉, 배움은 뇌의 혈관을 운동시키는데
상당 부분 일조하는 셈입니다.
손뜨개질한다거나 악기를 배우거나
무언가를 새로 배울 때
끊임없이 생각하고 손을 쓰게 되면
새로운 것을 받아들이는 뇌는 혈관을 자극시켜
원활하게 활성화되도록 만들어주지요.
그러면서 뇌의 혈관도 건강해집니다.

그래서 강조해 드리고 싶은 점은
바로 반복적인 운동의 중요성입니다.
될 수 있으면 손과 발을 쓰는 운동을 해보세요.
그러면 뇌의 혈관은 물론 신체 역시 건강해져
각종 육체적 정신적 질환에 걸릴 위험이 줄어듭니다.
행복의 조건에 한걸음 더 가까이 갈 수 있습니다.

게다가 새로운 취미를 즐기며
배움을 혼자 갖는 것에 그치지 않고
기부한다거나 누군가를 도와주는
사회적 관계도 함께 맺으면
삶이 훨씬 더 즐겁고 풍요로워집니다.
나눔을 통해서 조금이라도
타인과 함께하려고 노력해 보세요.
그러면 나이 들며 사회에서 고립되는 위험을 벗어나
사회적인 소통에 참여하면서
훨씬 더 많은 성취감을 얻을 수 있습니다.
이는 우울증, 외로움 예방까지 됩니다.
실제 그렇게 사시는 분들이 훨씬 긍정적인 생각으로
생활하고 계시기도 하고 말입니다.

규칙적인 운동은 뇌 또한 건강하게 만들어주고
그것이 배움과 연결된다면

행복의 2, 3번째 조건을 함께 갖추어간다는 것.
유념하시면서 여러분의 행복 체크리스트를
채워나가시길 바라겠습니다.

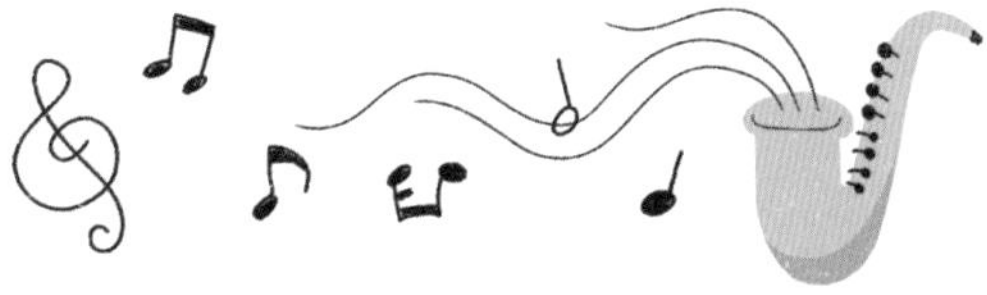

신체와 정신이 건강한 사람

행복의 조건 8부

50대의 행복이 80대까지 영향줄 수 있음을
앞서 말씀드렸습니다.
그래서 이 연구에서는 이후 30년간,
즉 50세부터 어떤 걸 신경 써서 갖추어야 하는가를
좀 더 많이 이야기하고 있습니다.
그 나머지 부분을 살펴봅시다.

앞서 말씀드린 행복의 조건
그 7가지를 전부 정리해 봅시다.

①고통에 대한 성숙한 방어기제

②스스로 배우는 교육

③적당한 운동

여기까지 이야기를 나눠봤지요.
나머지 행복의 조건은 다음과 같습니다.

④원만한 결혼 생활

⑤비흡연

⑥알코올의 낮은 의존도

⑦적당한 체중

'원만한 결혼 생활'이란
가장 가까운 사람과의 인간관계라고 봅니다.
가장 밀접한 사람과의 관계가 나쁘면
언젠가 그 사람은 불행해지고 말겠지요.

그리고 행복은 정신적인 영역으로만 보일 수 있겠지만
육체적인 건강 또한 노년의 생활에 있어
행복의 조건에서 결코 빠질 수 없습니다.
물론 질병이 있느냐 없느냐도 영향을 주겠지만
지금 말하는 비흡연의 필요성, 알코올에 대한 욕구 자제,
알맞은 체중, 규칙적인 운동,

이 요소들은 신체의 건강을 유지하는 데
가장 큰 도움을 줬다고 보고됩니다.
즉, 신체적으로 건강한 삶이 정서적 행복에
긍정적인 영향을 주는 것이지요.

그동안 말씀드린 요소를 다 갖춘 사람들이
80대의 노년에 신체적, 정신적 건강에서
행복할 가능성이 매우 높았습니다.
반면에 이러한 요소들이 부족한 분들,
특히 흡연과 알코올에 대한 의존도가 높은 분들은
세 배 이상으로 신체적, 정신적 건강에
안 좋은 영향을 받았다고 드러났습니다.

아주 가까운 사람과 나의 관계 역시 중요했습니다.
자주 웃으면서 유머를 주고받는
그런 부부, 가족 관계를 이어가는 사람들이

더 행복했던 것은 어쩌면 당연하겠지요.

살면서 어려운 순간을 만났을 때
어떻게 성숙한 자세를 갖는가?
이러한 정신적인 부분과 신체적인 부분이
평생의 행복을 좌우하는 데 있어서
핵심적인 요소였습니다.
여러분도 한번 스스로가 행복의 조건을
어느 정도 갖추고 있는지 어림해 보시길 바랍니다.

조급함에서 원망으로 가지 않도록

누구에게나 각자 지닌 특유한 성질이나 품성이 있죠.
그중에서 조급한 성격이 있습니다.
상대가 아직 준비되지 않았는데
내가 급해서 먼저 튀어나오는 마음이지요.
조바심을 내다보면 상대방을 배려할 수 없습니다.
그래서 조급함은 무례함으로 이어집니다.
그리고 이는 적대심, 분노로도 이어지지요.
상대가 준비가 안 된 상황이 조금 더 길어지면
머지않아 상대에게 원망과 비난을 쏟아내게 됩니다.

어느 가족이 여행을 가면서 있었던 일입니다.
부인이 아이들의 짐을 이것저것 챙기느라
준비가 덜 되었던 모양입니다.
남편이 조급함에 버럭 화를 내자
부인도 섭섭하여 감정이 상해
여행 가방을 싸다가 관두고 맙니다.

결국 여행을 가기야 했지만
즐거운 여행의 시작을 그렇게 망칠 필요가
전혀 없는 것이지요.
이 조급함을 자세히 들여다보면
자신의 성격이 급해서 일어난 성급함이
타인에게 신경질과 원망으로 터져 나온 겁니다.

내 급한 성격으로 말미암아
어떤 일을 하는데 서로 감정이 상하고
분위기를 해칠 수 있습니다.
조급함은 혼란스러워지기 쉽습니다.
충분한 준비와 만반의 절차를 거치기 힘들어집니다.
내가 조급한 사람인지 아닌지
마음을 잘 살펴주세요.
한숨 크게 들이마시고 내쉬며
한 박자 쉬어가려는 여유를 가져보세요.

무궁화 꽃이 피었습니다

조급함을 다스리는 방법 중에
가장 먼저 대두되는 게 있습니다.
바로 어린 시절 하던 놀이인
'무궁화 꽃이 피었습니다'입니다.
영화 〈오징어 게임〉에도 나오지요.
멈추는 연습이라는 것이 굉장히 쉬워 보이지만
실은 무척이나 어렵습니다.
하고 있던 행동을 오롯이 멈추는 겁니다.
'무궁화 꽃이 피었습니다'는 조급해지는 마음을
누그러뜨리는 힘이 있습니다.

영국에 MISP라는 프로젝트가 있지요.
Mindfulness In School Project라고 합니다.
영국 교육부에서 청소년들의 고민을
어떻게 하면 해결할 수 있을까 하여 고안한 겁니다.
그 프로그램의 주된 내용은

우리가 어린 시절에 하던
'무궁화 꽃이 피었습니다'처럼
행동을 멈추게 하는 것이었습니다.
다음 신호가 오기 전까지 행동을 하지 않는 것이지요.
가만히, 그리고 고요히.
프로젝트 진행 후 학생들의 정서적 안정감이
상당히 향상됐다고 합니다.
네이비씰(미국 해군의 엘리트 특수부대)도
이 방법을 사용한다고 합니다.

"그대로 멈춰라."

5분 정도 움직임과 생각을 멈추고
마음을 가만히 가라앉혀 보세요.
웅덩이에 고여있던 혼탁한 물이
서서히 아래로 흙먼지가 가라앉아 맑아지듯이

마음을 그대로 두시고
생각의 혼탁함이 내려앉는 것을 느껴보세요.
하루에 1~3회 정도 해보면
내 조급함도 다스려질 겁니다.

"무궁화 꽃이 피었습니다.
거기 조급하게 움직인 사람, 그래, 너 술래."

이것만 하면 100퍼센트 용서받는다

이 세상에 죄 없는 사람이 있을까요?
아무리 완벽한 사람이라도 실수하기 마련이고
크고 작은 잘못을 저지르며 살 수밖에 없지요.
그런 와중에 실수를 해놓고
잘못을 인정하지 않는 사람이 있다면
얼마나 삭막한 세상이 되겠습니까.
그 누구도 실수와 잘못 없이 살 수 없다면
그에 따른 사과가 꼭 필요하겠지요.
물론 잘못을 하지 않는 게 가장 좋기야 하겠지만
앞서 말씀드린 것처럼 인간이기에
어쩔 수 없이 잘못을 마냥 피할 수만은 없습니다.

이러이러해서 미안하다고 말하겠지만,
용서받지 못하는 경우도 참 많습니다.
미안하다는 말의 전제는
내 잘못을 인정하는 마음이

밑바탕에 깔려 있어야 합니다.
내 입장에서는 억울한 점도 있겠지만
진심을 담아 잘못에 대한 사과를 한다면
그것으로 충분합니다.
받아들이고 못 받아들이고는
오롯이 당사자가 결정할 일이지요.
여기서 반드시 '충분히'를 강조하고 싶습니다.
구태여 "나도 잘못했지만, 당신도 어느 정도 잘못이 있다"라고
대꾸하며 나온다면 나를 위한 사과가 되는 것이지
상대방을 위한 사과는 결코 되지 못합니다.

불교에서는 참회懺悔라는 표현을 쓰지요.
"미안하다"라고 왜 말하겠습니까.
'나는 그 행동을 다시 하지 않겠다'는 의미이지요.
즉 다시는 그러지 않겠다는 신뢰를 얻어야 합니다.
이제 같은 실수를 두 번 다시 하지 않도록

앞으로 무엇을 개선해야 할지
상대방에게 제시해야 합니다.
상대에게 선택권을 주는 것이지요.

다시 말해 내 잘못을 반복하지 않기 위해
어떤 행동을 하지 말고
어떤 행동을 했으면 좋겠는지
선택권을 상대에게 넘겨주는 겁니다.

사과는 발표나 선언이 아닌 서로의 공감입니다.
가장 중요한 건 진심입니다.
당장 눈앞의 위기를 모면하고자 말로 넘기는 사과는
상대에게 공감을 얻지 못할뿐더러
신뢰를 무너뜨리는 지름길입니다.
진정한 사과는 진실과 신뢰,
그리고 상대에게 선택권을 건네주는 데서 시작합니다.

용서를 받아주는 아름다운 자세

용서와 화해는 인간관계를 유지하는 데
아주 중요한 수단입니다.
사과의 자세도 중요하지만,
용서를 받는 자세도 무척 중요합니다.
누군가가 용서를 구하려 할 때
서로의 관계를 유지하기 위해
상대의 입장에서 용서를 들어보고 판단하여
화해가 이루어지도록 노력해야 합니다.

은사 스님께서는
"혹시나 잘못한 게 있다면 가사 장삼을 수하고,
삼배를 올리면서 참회를 구해라!"라고 말씀하셨습니다.
그러면 나는 용서해 주겠노라 덧붙이셨지요.
잘못을 스스로가 인지하고 상대에게
형식과 절차를 정확하게 지킨 언어로 직접 표현하면
상대도 비로소 '네 잘못을 인정했구나,

이제 용서받을 자세를 갖췄구나'라고 느끼게 됩니다.

상대도 용서를 받아줄 수 있는
형식과 절차를 만들어놓는 건 아주 중요합니다.
자신만의 형식과 절차를 만들어봐도 좋습니다.
서로가 서로에게 잘못했을 때 행하는
용서의 관례를 만드는 것이지요,
그렇게 했을 경우 용서를 받아주자는 겁니다.

단 서로가 신뢰할 수 있는 절차여야 하고
미리 정해두어야 합니다.
용서를 구하는 자에게 절차를 일러주고
그에 따라 용서를 구한다면
마음의 문을 열고 용서를 받아줄 수 있길 바랍니다.
그리고 떠올리세요, 자신도 잘못을 저질렀을 때
다른 누군가에게 용서받은 일을.

만약 당신이 용서했다면 이제 그 문제는
마음에 담지 말고 잊으세요.
잘못을 용서해 주고 잊어주는 사람만큼
고마운 사람이 없습니다.

잊는 것도 용서하는 방법입니다.
과거를 과감히 잊어버리고 놓아줍시다.
그러면 현재와 미래가 문을 두드립니다.

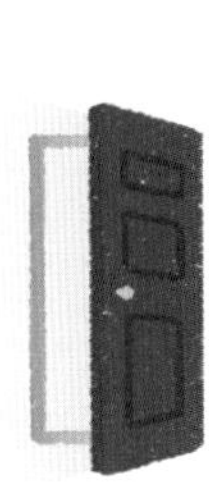

3장

오답인 줄 알았는데 정답이었던

내가 무엇을 해야 할지 모를 때가 무엇이든 시작할 때입니다

무엇을 해야 할지 모르겠다는
우리 청춘들에게 드리고 싶은 이야기가 있습니다.

앞날이 어찌 될지 몰라 막막하시지요?
하고 싶은 것을 한다는 개념을 분명히 하기가
참 쉽지 않을 겁니다.
사실 저의 출가는 하고 싶냐,
하고 싶지 않냐의 범주를 넘어선
소 뒷걸음질의 시작이긴 합니다만. 하하.
이런 저이지만 여러분의 힘이 되고 싶은 마음으로,
진로를 결정하기가 어려워
머뭇거리고 있을 젊은 친구들에게
한마디 보태봅니다.

내가 무엇을 하고 싶은지,
무엇을 해야 하는지

알아볼 수 있는 최고의 방법은
무엇이든지 간에 일단 한번 시작해 보는 겁니다.

세상에는 미리 알 수 없는 일도 많은 법입니다.
그래서 직접 부딪쳐보면서
'이 정도는 내가 충분히 할 수 있겠다'라고
가늠해 보는 과정이 필요하지요.
마치 눈덩이를 굴려보듯이 말입니다.
처음엔 형태가 없던 것이
조그마한 눈뭉치부터 시작하여
돌돌 굴리다 보면 점차 살이 붙으면서
둥그런 모양을 잡아가지 않습니까?
인생도 마찬가지입니다.
직접 겪으면서 실체를 만들어가며
내 삶의 윤곽을 잡아볼 수 있습니다.

한편, 눈사람을 만들다 보면
동그랗게만 만들지는 않습니다.
요새는 다들 어찌나 손재주가 좋은지
눈을 뭉쳐 온갖 모양으로 만들곤 하더군요.
눈을 뭉치다가 찌그러질 수도 있고,
그래서 아쉬울 땐 다시 매만져보거나
허물고 새로 뭉치기도 하면서
내가 원하는 모습을 상상하며
다시 만들어낼 수도 있습니다.

진로도 똑같습니다.
요즘처럼 급변하는 세상에선
지금 직업을 20년, 30년 후에도
똑같이 하고 있으리라 단정할 수 없습니다.
더 이상 한 번 구한 직장이 평생직장이 아니기 때문이지요.
직장을 다니다가 그만두고

사업을 시작할 수도 있고,
그러다 잘 안 풀리면
다시 새 직장을 구하기도 합니다.
살면서 직업은 많이 바뀔 수 있으니
빨리 하나라도 뭔가 시도해 보는 것이 중요합니다.

만일 여러분이 특정 분야를 하나 정해서
그 일에 대해 준비하고 있는 것이 아니라면,
내가 무엇을 할 수 있는지 알기 위해서라도
일단 먼저 도전해야 합니다.
해보고 아니면 바꾸면 된다는 마음으로 접근해 보세요.

뭘 해야 할지 몰라서
오늘도 방황하고 계신 여러분에게.
망설여질 때가 뭐라도 시작해야 할 때입니다.
하고 싶은 일을 찾는 건

그것을 할 수 있는 힘이 생겼을 때
고민해도 늦지 않습니다.

시동을 켤 때는
굳이 내비게이션이 필요하지 않습니다.
잘 안 맞으면 그때 가서 바꾸겠다는 마음으로
새롭게 도전장을 던지시길 바랍니다.
인생의 선택이 여러 차례 바뀔 것을
부디 두려워하지 말았으면 합니다.
잘못 접어든 길은 돌아 나와
다시 새 길로 찾아가도 되고,
조금은 여유를 두고 굽이굽이
돌아가는 길도 있는 법이니까요.

슬기로운 직장 생활

직장에서 상사와 갈등 때문에
고민하는 청년들이 많습니다.
고민하고 있지 마세요.
상사의 성격은 내가 어떻게 고칠 수 없고
고쳐지지도 않습니다. 기대하지 마세요.

내 감정 소모를 최대한 줄이는 것이 좋습니다.
직장 문제를 삶 전체의 문제로 확대하지 마세요.
과거에는 직업이 우리 삶의 전부일 때도 있었지만
지금은 인생의 일부분에 지나지 않습니다.

그러니 퇴근 후 직장에서 힘들었던 일을
얼마나 빨리 잊느냐가 중요합니다.
(다만 부당한 대우에 대해서는
반드시 이야기를 해야 합니다!)

퇴근 후 취미 활동이나 다른 일에 몰두하면서
즐길 수 있는 것들을 찾아보세요.
직장은 싫고 좋고의 문제를 떠나서
계약의 문제입니다.
일에 있어서 감당할 것은 감당해야 하지만
가능한 감정적인 소모를 최소화하도록
마음을 가져야 합니다.

직업 외에 자신이 즐기고 집중할 수 있는 것이
무엇이 있는지 지금 생각해 보세요.
직장 생활을 잊고 푹 빠져들 수 있는
다른 활동이나 생활 패턴을 만들어두세요.

총명한 공과 사의 구별

공적인 일과 사적인 일을 어떻게 구분해야 할까요?
사회생활을 하면서 관계가 서로 친밀해지고
가까워지다 보면 도움을 주고받는 상황도 생깁니다.
우리가 맺는 관계가 어떤 곳에서
어떤 입장으로 맺어졌는지에 따라
할 수 있는 것과 할 수 없는 것이 나눠집니다.

직장 생활에서 때로는
서로 아주 친밀하기도 하지만
어느 부분에서는
공적인 입장의 영역에서
그것을 들어주고 풀어가고
어떻게 해결할지 답을 찾아
고민해야 하는 일도 생깁니다.
그런데 서로 잘 아는 관계니까
이 정도의 일이나 이야기정도면

이해하고 넘어가지 않을까 생각했을 때,
그 관계는 결국 언젠가 수명이 다해
끊어져 버리고 말 겁니다.

설령 서로가 인생의 조언을
주고받을 만큼 가까울지언정
직장 내에서 생기는 문제는
분명히 공적인 관계로서 대해야 합니다.

공적인 영역에서 상대가 요구하는 부분을
내가 어떻게 수행하고 해결할 수 있을까?
이를 잘 생각해 보세요.
이때 특히 주의할 점은
사적인 관계에서 풀어보려 하지 말아야 합니다.

직장은 계약의 관계에서 존재하는 공간입니다.

그래서 그곳에서 발생하는 문제를
형, 언니, 후배, 선배 그리고 동생이라는 관계로
공과 사의 구분이 혼동되었을 때는
문제가 더욱더 어려워지고,
때로는 상대의 진정한 고충을 제대로 이해하지 못하거나
결국 문제를 풀지 못하는 상황까지 이르게 됩니다.

기억하십시오.
공과 사를 구분하는 일은 공적인 영역에서 문제를 해결하고,
거기서 내가 할 수 있는 것과 할 수 없는 것을
명확히 구분해야만
그 관계가 혼동되지 않습니다.

직장 안과 밖에 있을 사람들

이 세상에서 가장 어려운 것은 무엇일까요?
아마도 사람과 사람 간의 관계가 아닐까 합니다.
《어린 왕자》에도 이런 이야기가 나오지요.
"세상에서 가장 어려운 일은
사람이 사람의 마음을 얻는 일이야."
이처럼 마음을 얻는 일은 너무도 힘듭니다.
하지만 우리는 이 세상에 혼자 존재할 수 없으므로
살면서 수없이 많은 인연을 만나고 지나치며
관계를 맺는 데 온 힘을 쏟고 있지요.

그렇다면 직장인들은 어떨까요?
하루 대부분을 직장에서 보내며
원하든 원하지 않든, 또 인연이든 악연이든
타인과 함께 어울려야 하니
관계에 신경 쓸 수밖에 없지요.
'어떻게 해야 상사와 또 부하 직원과

원만하게 관계를 잘 맺을 수 있을까.'
직장인이라면 누구나 할 고민이지요.

그런데 생각해 보면 우리는 근본적으로
누군가와 인연을 맺기 위해
직장에 다니지는 않습니다.
다소 삭막하게 들릴 수도 있겠지만
직장이란, 내 삶의 안정을 유지하기 위한
계약 관계의 집단입니다.
내가 직장에 다니며 내 삶을 안정시키듯
직장은 내 재능으로 영리를 추구하는
철저하게 계산된 공간이지요.

물론 직장에서 좋은 상사, 좋은 부하 직원, 좋은 동료를
만나는 것은 큰 행복입니다.
하지만 그 관계를 억지로 만들 필요는 없습니다.

동료는 동료이고 상사는 상사이지
친구가 아니기 때문입니다.
사교적인 집단이 아니기에 유동성이 강하기도 합니다.

그렇기에 직장 내에서 억지로라도
누군가와 진실한 우정을 쌓겠다는 마음이 있다면
잠시 내려놓을 필요가 있습니다.
여러분이 억지로 노력하지 않아도
당신에게 어울리는 인연은
당신에게 먼저 손 내밀 것입니다.
그렇지 않더라도 실망하지 마세요.
직장 밖에 펼쳐질 당신의 세상에
좋은 인연이 분명 기다리고 있을 테니까요.

매너 있는 관계의 온도

주위를 한번 둘러보세요.
당신 주위에는 어떤 사람들이 있나요?
가족이란 끈으로 이어진 혈연,
당신과 마음이 맞는 절친,
휴대폰에 저장은 해놓았지만
한 번도 연락을 안 하는 사람도
징글징글하게 연을 끊고 싶지만
끊을 수 없는 악연도 있을 겁니다.

이렇듯 사회생활을 하다 보면 세 명 중 한 명은
아마 나를 싫어할지도 모릅니다.
섭섭한 이야기일 수 있겠지만 나는 그 사람이 좋은데
그 사람은 나를 적대시하기도 합니다.
하지만 섭섭해하지 않아도 됩니다.
누구를 만나든 어딜 가든
상대는 나를 이해하지 못할 수 있고,

나에 대해 오해할 수 있다는 걸 유념해야 합니다.
너무나 당연한 이치이지요.
우리는 모두 다른 사람이지 틀린 사람은 아니니까요.
짧다면 짧은 인생 어느 누가 적을 만들고 싶겠습니까.
그럴 때 이 사람은 내 마음을 왜 몰라주고
나를 왜 싫어할지 한번 고민해 봅시다.

내가 누군가를 적으로 만들지만 않아도
누군가가 나를 적으로 만드는 일은 줄어듭니다.
적을 만드는 것도 관계를 강하게 맺는 것이어서
많은 에너지가 들기 마련입니다.
좋아하는 사람과 관계를 유지하는 데도 부족한 에너지를
적을 만드는 데 쓰는 건 너무나 어리석고 억울한 일이지요.

사회생활을 하며 자기주장도 때에 따라 필요하지만
상대방에게 표현하고 드러내는 데는 늘 조심해야 합니다.

무심코 던진 한마디가 상대방에겐
평생의 상처로 남을 수 있기 때문입니다.
사회생활은 하고 싶은 대로 하는 생활이 아니기에
서로 지켜야 할 태도가 매우 중요합니다.
매너(manner)는 신사만을 만드는 게 아니라
적을 만들지 않는 데도 좋은 방법입니다.
이렇게 일방적이지 않고 덤덤하게
자신의 마음 온도를 유지하는
미덕과 태도가 쌓이면
어느 순간 악연도 인연이 되는 진리를
깨닫는 날이 올 겁니다.

우리의 숨은 쉼터를 만듭니다

"쉬는 데 무슨 생각을 하나요.
아무 생각 없이 그냥 쉬면 되지 않나요?"

보통 그렇게들 많이 생각합니다.
'쉬다'의 사전적 의미는 '하던 일을 멈추고
몸이 편안한 상태가 되게 하다'입니다.
그러나 당장 마냥 쉬는 것만이 상책은 아닙니다.
쉼에 무슨 목적이 있냐고요? 있습니다.
내가 휴식의 이유를 모르면 쉼이 아닙니다.
특히 다음 일을 앞두고 하는 휴식이 더 그렇습니다.

휴식을 취하는 것은
다음에 해야 할 일이 있어서 쉬는 겁니다.
다음에 집중해야 할 일이 있기에 쉼이 필요한 것이지요.
사실 목적 없이 쉰다는 게 더 어려운 일이기도 합니다.
그럴 때 쉬는 건 일이 되지요.

그러나 우리가 계속해서 휴식을 취하는 것도 아니고,
다음 일로 이어지기 전에 갖는 휴식이라면
그 쉼의 의미는 달라집니다.
그렇다면 어떻게 쉬어야 하냐고요?
잘 쉬어야 합니다.

절에서는 안거安居라고 해서, 스님들이
여름에는 하안거, 겨울에는 동안거에 들어갑니다.
정진을 하는 안거 기간을 결제라 하고
해제 기간을 산철이라 하는데
그때 여유 시간이 두 달 조금 넘게 있습니다.
산철을 잘 쉬신 스님들을 보면
그다음 안거에서 정진하는 데 힘들이지 않으시면서
편안함을 많이 얻으십니다.
어떻게 쉬는 것이 정말 도움이 되는가를
명확하게 알고 쉬신 분들은

그다음 안거 기간에 편안합니다.

쉼은 그 후 해야 할 일을 대비하여
에너지를 비축하고자 휴식 시간을 보내는 겁니다.
어떻게 쉬어야 편안한 마음을 갖고
다음에 할 일을 잘 해낼 수 있을지,
왜 휴식을 하는지 정확하게 알아야 합니다.
잘못하면 그다음 할 일에 지장을 초래하여
다음 휴식기에 쉬지 못하고
일을 더 하게 될 수도 있습니다.
그러니 왜 지금 쉬고 있는지
한 번쯤은 이유를 곰곰이 생각해 보세요.
알맞게 들이마시고 내쉬는 숨으로
알맞은 쉼을 가져보세요.
그 자리가 나에게 딱 맞는 쉼터가 됩니다.

스마트하게 거절하기

우리가 살아가면서 맺는 인간관계가
간혹 쉽게 풀릴 때도 있지만,
대부분 어려울 때가 많습니다.
하지만 아무리 힘들어도 관계를 버릴 수 없고
인간관계를 빼면 살아가는 의미가 없지요.
어떤 분은 스님은 혼자 사셔서 괜찮지 않냐고 묻지만,
스님도 당연히 인간관계가 필요합니다.

우리 삶에서 사람 간의 관계는 꼭 필요하지요.
그 관계 속에서 제가 드리고 싶은 말씀은
부탁을 어떻게 잘 거절하는가입니다.
누군가가 부탁을 했는데 그 부탁이 굉장히 어렵다면
어떻게 거절해야 할까요.

우선 내가 할 수 있는 것을 말해주면 좋습니다.
"그것은 제가 할 수 없는데,

대신 제가 할 수 있는 부분은 이렇습니다"
라고 말씀을 드려보세요.
처음부터 "안됩니다"라고 하는 것보다
"이것은 제가 할 수 있습니다.
그러나 그것은 제가 할 수 없습니다"라고 하면
최종 선택권이 상대에게 넘어가게 됩니다.
부탁한 대로는 해줄 수 없다 하였으니 포기하거나,
내가 가능하다고 제시한 대안을 따르거나
둘 중 하나를 선택해야 하기 때문입니다.

그러니 여러분 누군가가 부탁해온다면
-물론 이것은 합법성의 선에서 이야기하는 겁니다-
내가 할 수 있는 것을 먼저 알려주고,
못하는 것을 그다음에 말해보세요.
좋은 인간관계의 기반이 되어줄
스마트한 거절 방법이 될 겁니다.

서로가 기댈 수 있는 부탁

어떤 일이 생겨 부득이 부탁해야 할 때
여러분은 어떤 자세로 하시나요?

우선 '부탁'이라는 단어보다
'도움'이라는 단어로 바꿔서 생각해 봅시다.
부탁付託은 한자이고 도움은 한글 단어인데요.
부탁의 한자어에는 '의지하다'라는
의미가 들어가 있습니다.
뭔가 부탁한다는 단어 속에는 벌써
상대에게 의지한다는 뜻이 담겨있지요.
그런데 도움이라는 한글 표현에는
'도움을 주다'만이 아닌
'주고받다'의 의미가 들어있습니다.
부탁은 일방적인 의지의 표현이지만
도움은 둘이서 물건을 함께 들듯이
함께한다는 의미가 더 강한 거지요.

그래서 누군가에게 부탁을 청할 때는
먼저 내가 할 수 있는 것을 알려
훗날 도움받을 상대에게도
도움을 줄 수 있다고 자연스럽게 이야기한 다음에
도움받고 싶은 것을 말하는 습관을 들이면 좋습니다.
부탁을 들어준 상대가 다음에
자신도 도움을 받을 수 있다는 생각이 들게끔 하는 겁니다.

이런 마음 자세를 상대에게 보여주세요.
일방적인 부탁이라는 표현보다는
도움을 청하고 도움을 받고,
그다음엔 내가 다시 도움을 줄 수도 있음을
상대에게 표현해 주세요.
그렇다면 부탁을 청했을 때
상대가 도움을 주고자 하는
마음을 끌어내실 수 있을 겁니다.

부탁을 할 때는 마음을 '나누고 받는'
도움이란 단어를 떠올려주세요.
서로가 기댈 수 있을 때 더욱 든든해집니다.

구조도 요청을 기다립니다
도움 요청을 기다립시다

누군가를 돕고 싶거나 도움을 주실 때
반드시 가져야 할 마음가짐이 있습니다.
도움받을 상대의 요청을 기다려야 한다는 것입니다.

상대가 정확하게 무엇을 도와달라는
요청의 의사가 수반되지 않았을 때
내 생각만으로 먼저 행동하면
나의 도움이 당연히 상대방에게
도움이 되고 이득이 있으리라
이렇게 착각하기 쉽습니다.

그런데 실상은 그렇지 않은 경우가 많습니다.
성의껏, 정성껏 도움을 주었지만
오히려 상대방에게 좋지 않은 결과를
불러올 수도 있지요.

도움을 주니까 딱히 거절하지 않고
마지못해 그냥 받았을 수도 있고,
내 도움의 방식을 좋아하지 않거나
실질적으로 전혀 도움이 되지 않았을 수도 있습니다.
이런 가능성을 꼭 염두에 두고 계셔야 합니다.

그래서 도움을 주는 것도
지켜봄과 넘치지 않음이 필요합니다.
그래야 가까운 사이에 도와주고도
그걸로 인해서 서운해지거나
상대방도 섭섭하게 여기는 일이 생기지 않습니다.

충고 이전에 신뢰, 신뢰 이전에 너

"휴, 답답하다! 그렇게 하면 안 되지. 내 생각에는……."

살면서 누구나 한 번쯤 부모에게, 친구에게
또 연인에게 충고를 받아보셨을 겁니다.
그럴 때 여러분은 어떤 기분이 들었나요?
상대방의 충고에 귀 기울이고
진실하게 받아들일 수 있다면 좋겠지만
내 마음이 받아들일 준비가 아직이라면,
충고가 오히려 해가 될 수도 있었을 테지요.

이렇듯 충고는 아무리 잘해도
자칫 말 한마디 잘못하면 오해가 생기고
좋았던 관계에 금이 가기 쉽습니다.
상대방의 입장을 충분히 고려한 충고는
그 진심이 고스란히 전해져
상대방 마음의 성장을 도울 수 있겠지만,

충고가 상대방의 약점을 파고드는 지적으로 변하면
오히려 깊은 상처가 될 수도 있습니다.
그렇기에 충고의 전제 조건은
나와 상대방이 서로 충분한 신뢰가 성립되어 있는지
먼저 생각해 봐야 합니다.
만일 신뢰가 성립되었다 한들
상대방의 방식대로 먼저 이야기를 들어봐야 합니다.
그리고 가장 중요한 건
내 마음대로 넘겨짚어 생각하지 말아야 하지요.
상대방의 입장에 서서 내 충고를 상대가 들었을 때
어떤 기분일지까지 생각해야 합니다.

이렇게 충고란 까다롭게 생각하고 또 고민해서 해야 합니다.
그리고 좋은 충고가 되려면
상대에게 도움이 되는 이야기를 하기 전에
분위기를 조금 유하게 만드는 이야기를

먼저 할 필요가 있습니다.

어렵고 어려운 게 충고입니다.

자신이 없다면 답답하더라도 굳이 충고하지 마세요.

때론 그저 말없이 함께 있어주는 친구가

장황한 충고보다 더 큰 위로가 되는 법이니까요.

손난로 같은 온기가 가장 정확한 위로이니까요.

말풍선 속 요구(needs) 꿰뚫기

사회생활을 하다 보면 중재를 해야 할 때가 생깁니다.
먼저 중재자는 옳고 그름을 찾는 것이 아니라
서로를 마주할 수 있는 자리를 만들어
서로의 이야기가 잘 전달되도록 해야 합니다.
직접적인 해답은 주지 않더라도 두 사람 간의 문제를
어떻게 듣고 어떻게 전달할지 고민하는
상황에 놓일 수도 있습니다.
중재가 필요한 상황에서는
각자의 입장 차이가 있기에
서로에게 보이는 모습이 다르기 마련입니다.

상대방의 표현 너머 핵심의 요구(needs)는 무엇일까,
그것을 먼저 알아챌 수 있어야 합니다.
서로가 하고자 하는 말의 의도와 요구가 핵심입니다.
겉으로 드러난 표현만 집중해서 듣다 보면
정작 진짜 요구가 무엇인지 놓치는 수가 있지요.

심지어 당사자마저 자신의 정확한 요구를 잊어버린 채
감정의 안개 속에 갇혀있을 때도 있습니다.

그래서 중재자의 입장에 서면
서로의 주장을 정리해서
당사자들에게 되물어주어야 합니다.
감정에 치우친 맞은편 상대의 목소리보다
중재자의 객관적인 목소리를
훨씬 집중하여 들을 수 있습니다.
그리고 말로 먼저 표현한 것을
자신도 듣는 이가 되어 다시 들어보면
자기 생각을 정리하고 수정할 기회가 생기게 됩니다.

중재자는 마치 안개 속에서
서로의 차가 어디로 가려고 하는지
서로가 알 수 있도록 신호를 해주는 역할과 같습니다.

중재자는 그래서 왜? 라는 질문을
반드시 던져주어야 합니다.
이 질문은 양파의 껍질을 벗기는 것과 같습니다.
대부분 왜 그것이 필요한지의 설명보다
자기 요구를 관철하는 것에 모든 것을 집중한 나머지
정작 본질적인 요구는 숨겨져있기 쉽습니다.

두 사람 다 오렌지가 필요하다고 말하지만
이유는 다를 수 있습니다.
한 쪽은 오렌지의 껍질이 더 필요하고,
다른 쪽은 껍질보다 알맹이를
원할 수도 있으니까요.

상대의 말과 표현보다 먼저
숨겨져있는 서로의 본질적 요구에
귀를 열고 파악하다 보면

중재자로서의 자세는 물론,
이해 당사자 간 서로에게 무엇이 필요한지
이후에 나는 또 어떻게 행동해야 하는지
조금 더 명확하게 알 수 있을 겁니다.

문제와 사람을 분리해서 바라보세요

앞서 중재자의 역할을 하게 될 때
상대의 감정이나 말과 행동,
즉 표현을 듣거나 보지 말고
의도를 파악하라고 했지요.
다르게 표현하면 상대의 '관심사'라고 할 수 있습니다.
그 마음의 관심이 어디를 향하고 있는지 판단해야 합니다.
그래야 해결해 주려는 입장에 섰을 때 도움이 되실 겁니다.

중재할 때 이해 당사자들에게
감정을 배제하기는 어렵습니다.
전혀 모르는 사람의 경우는 오히려 쉽습니다.
조금이라도 관계가 있는 사람과의 중재는
무척 어려워집니다.
게다가 두 사람이 충돌했는데
A라는 사람은 평소에 좋게 봤었고
B라는 사람은 나와 성격이 맞지 않았던 사람이라면.

이런 경우 어떻게 중재를 해야 할까요.

이때 가장 중요한 점은
내 몸과 마음이 특정 사람을 향해 가 있으면 안 됩니다.
사람과 문제를 떼어놓고 봐야 합니다.
이럴 때 제가 하는 방법이 있습니다.
내가 별로 좋아하지 않는 사람이 특정 행동을 했을 때,
그 행동은 그대로 놔두고 내가 가장 신뢰하는 사람이
이와 똑같은 행동을 하면 나는 어떤 감정을 느낄까?
반대로, 내가 무척 좋아하는 사람이 하는 행동을 놓고
내가 정말 싫어하는 사람이 똑같이 했다면
나는 어떻게 생각했을까?

그 사람이 무엇 무엇을 했나를 놓고
행동의 주체, 사람만 한번 바꿔보는 겁니다.
사람을 바꿔놓고 감정적으로 어떻게 다가오는지,

어떻게 이해하고 있는지를 먼저 한번 살펴보세요.

이를 '문제와 사람을 분리한다'라고 말하는데요.
대부분 문제보다는 사람에게 마음이 기울기 때문에
사람에 따라 문제 이해의 폭이 커지고 작아지는 등
문제를 대하는 자세가 상당히 달라질 수 있습니다.

어떤 문제가 생기면,
사람에 따라 판단을 다르게 하고 있지는 않은지
같이 한번 확인해 봅시다.

답은 여러 가지가 있습니다

서로의 갈등을 이해하지 못하고 충돌할 때
어떻게 중재할 것인가에 대해
두 가지를 말씀드렸습니다.

① 표현을 듣거나 보지 말고
상대가 의도하는 게 진정 무엇인가?
속뜻 즉 상대방의 본질적 요구가
어디에 있는지 집중하기.
② 문제와 사람을 분리해서 생각하기.
갈등이 된 문제의 행동을
내가 좋아하는 사람과 싫어하는 사람이 했을 때
난 어땠을까? 내 감정 반응을 살펴보기.

이 두 가지를 중점적으로 생각하되,
해답을 찾으려고 할 때
한 가지 주의사항이 있습니다.

답을 꼭 하나만 찾으려고 하지 마세요.
세상에 답은 단 하나만 있는 것이 아닙니다.

중재한다는 것은 서로가 협상 테이블에 앉는 겁니다.
특히 무엇인가를 함께 잘 만들어가자고 할 때는
사실 이기고 지는 게 없습니다.
서로가 진정으로 원하는 것을 순서대로 정한 뒤
자신이 꼭 얻어야 할 게 무엇인가?
양보 가능한 건 무엇인가?
이를 정확하게 판별해야 합니다.
그러면 이제 각자가 원하는 것을 줄 수 있습니다.

잘 보십시오.
상대가 원하는 것과 내가 원하는 것이
서로 얼마든지 다를 수 있습니다.
각자가 원하는 것을 내어주어도

원만한 협상이 가능할 수 있지요.

반대로 원하는 것만 얻어내려는
일방적인 관계를 추구하면
상대도 내가 가진 것을
빼앗아 갈 생각만 하게 됩니다.
그러니 내가 먼저 상대가 무엇을 원하는지
알아차려야 합니다.
그래서 나와 상대의 요구사항을
서로 맞바꿀 수 있을 때 교환을 성립하면 됩니다.
그러면 두 가지 답을 얻는 셈이지요.

단 하나의 답에 매몰되지 않고 더 멀리 보면,
원하는 바를 두 가지 세 가지로 나누어서
부분적으로 서로가 취할 수 있습니다.
때로는 나와 상대방이 노리는 것이 각자 다르기도 합니다.

서로가 원하는 것을 잘 알아서
각자의 몫을 가져가며
문제 해결로 나아가는 협상과 중재의 길은 많습니다.

서로가 원하는 게 다 같은 것처럼 보이지만
자세히 보면 분명 차이가 있을 겁니다.
그것을 잘 조합시켜주세요.
그러면 두세 갈래 답의 길이
여러분의 눈앞에 펼쳐집니다.

내 마음과 먼저 협상하세요

내가 무언가를 얻고자 할 때의
마음가짐에 대해 알아봅시다.

협상을 아주 잘하는 사람이 있습니다.
나 같으면 충돌이 나고 싸움이 일어나
굉장히 오랜 시간이 걸릴 텐데,
그 사람은 생각보다 부딪치지 않고 잘 풀어갑니다.
어떻게 하면 협상을 그렇게 원만히 잘할 수 있을까요?
바로 상대방이 원하는 것을 단계별로 접근하면 됩니다.

자세히 살펴보면 상대방이 원하는 것에도
중요도의 순서가 나누어집니다.
지금 다 해서 열 가지를 원한다면
우선은 가장 중요한 한 가지,
그다음 두 가지, 세 가지.
이렇게 단계별로 타협안을 제시하면 됩니다.

열 가지 전부를 이루지 못하더라도
여섯 일곱 가지 정도만 얻으면
괜찮다는 지점이 분명 있을 겁니다.
'그래, 지금 상황에서 이 정도면 괜찮아!'라고
생각하는 정도의 우선순위 말입니다.

그래서 원하는 것이 딱 하나만 있어서
타협의 여지가 조금도 없는 사람하고는
합의를 보기 어렵습니다.
나는 이거 아니면 죽어도 안 된다고 하는 사람과
만나서 조정하려고 하면 쉽지 않겠지요.

그럼에도 불구하고 선택할 수 있는
몇 가지를 제시하고 다가가면
협상을 성공할 가능성이 높아지고
주변의 갈등을 잘 헤쳐나갈 수 있을 겁니다.

반대로 상대방이 아닌 내가
그 입장에 섰을 때도 마찬가지입니다.
나는 이게 아니면 안 된다는 마음 말고,
단계별로 내가 원하는 것 세 가지 정도를
우선순위에 놓고 상대와 협상하세요.
꼭 거창한 협상뿐만 아니라
서로가 원하는 바를 조율할 때도
마찬가지입니다.

상대가 요구하는 것, 내가 원하는 것,
서로의 중요도 순위를
순서대로 접근해서 풀어가세요.
그러기 위해 가장 먼저
자신과 마음의 협상을 할 필요가 있겠습니다.

5분 안에 본론을 먼저 이야기하세요

앞서 말씀드린 협상의 방법에서
자신이 원하는 것 세 가지 정도를
선상에 두고 마음의 폭을 넓혀
상대와 조율하셨으면 좋겠다고 했습니다.
이어서 드릴 말씀은
그 모든 것을 5분 안에 하시라는 겁니다.

말을 하시는 분들은
본론을 뒤에 말하려는 경향이 많습니다.
그런데 듣는 사람은 5분이 지나면
집중이 흐트러집니다.
귀가 닫혀버리고 말지요.

가장 효율적으로 내가 정말 원하는 것을 전하려면,
5분 안에 핵심을 말하는 습관을 들여보세요.
즉 내가 정말 원하고 필요한 이야기는

두괄식으로 앞에서 먼저 말씀하세요.
상대에게 먼저 던져주고 수긍시킨 뒤
다음 이야기를 이어가야지
나중에 가서 본 목적을 꺼내면
상대는 이미 집중력이 흐트러져 있습니다.
그래서 먼저 말을 전했을 때보다
이해도가 훨씬 떨어집니다.

그러므로 여러분, 이런 상황에 처하기 전에
미리 연습해 보기를 바랍니다.
5분 안에 요구사항이나 말의 핵심을 전달하는 연습.
상대는 5분이 지나면 귀가 닫힌다는 것을 명심하시면,
앞에서 말씀드린 여러 가지 방법들을
조금 더 효율적으로 활용하실 수 있을 겁니다.

플러스알파의 마음을 써보세요

협상하다 보면 흔히 자신에게
이득이 되는 쪽으로 합의를 하려고 합니다.
내가 더 많이 가지면 좋지요.
그러나 양쪽이 기본적으로
무엇인가를 나눈다는 생각을 하다 보니
욕심이 생기고 타협이 잘 안될 때가 있습니다.

예를 들면 17을 둘로 나누려고 하면
나눌 수가 없습니다.
하나를 반으로 쪼개면 쉽지만,
쪼개지지 않는 경우도 많지요.
어떤 문제를 푸는 데 있어서
나눌 수 없는 것을 가져가려고 요구하면
이해하기도 어렵고 합의도 되지 않습니다.
그럴 때는 나누기 어려운 것을
내가 더 가지려고 욕심내지 말고

마음을 이렇게 써보시길 추천합니다.

바로 플러스알파를 하는 것입니다.
더한다는 관점으로 문제를 바라보세요.
즉 하나를 더해서 주면은
상대가 생각을 바꿀 여지가 생깁니다.
하나를 더해서 18개가 되면
둘로 나눌 수 있다는 발상입니다.
이것이 수치적인 것만이 아니라
상대에게 내가 하나 더 붙여줘서
플러스알파가 됐다고 인식하게 만든다면
서로 합의가 수월해집니다.

나누어지지 않는 것을 두고 전전긍긍하지 마시고
플러스알파로 무언가 더 줄 생각을 한다면
마음 그릇을 더 넓히게 되지요.

그래서 서로 어떤 것을 합의할 때는
있는 것에서 나눈다고 생각하기보다는
발상의 전환으로 플러스알파를 덧붙여보세요.
그러면 훨씬 나누기도 쉬워지고
서로의 관계도 더 돈독해질 것입니다.

받고 싶으면 먼저 주세요

내가 무엇인가를 얻고자 할 때
먼저 생각해야 할 단어가 있습니다.
바로 '주다'입니다.

어린 시절 부모님께 무언가 얻고 싶을 때
저는 아버님을 모시고 목욕탕으로 갔습니다.
그리고 등을 밀어드렸죠.
어린 마음에 내가 아버지의 마음을
최대한 충족시켜드릴 수 있는 부분이 뭐가 있을까
고민해서 고른 것이었는데요.
목욕이 끝난 후 아버지께서 옷을 다 입으실 무렵
이야기를 꺼내면 성공 확률이
못해도 80퍼센트 이상은 됐을 겁니다.

이처럼 작은 일이지만,
저는 어릴 때부터 상대방에게

무엇인가 얻고 싶을 때는
내가 먼저 무엇을 줄 수 있을까를 고민했습니다.
그때의 가르침을 기반으로,
얻기 전에 먼저 주려는 마음으로 임하며
손쉽게 합의를 끌어내고 있습니다.

상대에게 줄 수 있는 게 재화만이 아닙니다.
기분을 좋게 해줄 수도 있는 거지요.
버리면 얻습니다.
주면 받게 됩니다.
상대에게 무엇을 줄지
마음을 먼저 내어보세요.
꼭 물건이 아니더라도 좋습니다.
내가 줄 수 있는 것을 먼저 생각한다면
원하는 것을 받아내기가 훨씬 쉬워질 겁니다.

대화가 안 되면 잠시 밖으로 나가세요

무엇을 줄 수 있을까.
상대가 무엇을 원하는지 잘 이해하는 것에 이어
대화가 잘 안 풀릴 때 어떻게 해야 할까
이에 대해 생각해 봅시다.

의견 조율이 잘 안되는 날이 있습니다.
특히 흥분된 상태로 대화를 하다 보면
이내 감정싸움으로 번지기 마련입니다.
그러다 보면 더 자극하는 말을 하게 되고,
긴장하여 목소리 톤이 높아지면서
설명하려 해도 감정이 그것을 받아들이지 않습니다.

그럴 때는 밖으로 나가세요.
실내에서 실외로 대화의 공간을 옮기는 겁니다.
격해진 감정의 기운이 도사리는
그 공간을 떠나 대화를 멈추고,

바람을 쐬고, 차도 한 잔 마시며
잠시 산책을 거닐어보세요.
서로가 지닌 생각과 마음을 옮겨 놓을
시간과 공간이 필요합니다.

부부싸움을 할 때도 무척 중요한 부분입니다.
감정이 점점 올라와 화가 나면
하지 말아야 할, 해서는 안 될 말까지 해버리고 맙니다.
잠시 멈추는 시간과 흥분을 가라앉힐 다른 공간,
마당도 좋고 베란다도 좋습니다.
신선한 공기를 마실 수 있는 곳.
그래서 다시 적절한 대화의 타이밍을 만들 수 있는
시간을 보내야 합니다.

가족과 대화를 하다가 그런 순간이 왔을 때
격해진 감정을 인지하고 대화를 멈춰주세요.

그리고 잠깐 쉬었다 오세요.
바람 한번 쐬고 오는 겁니다.
그다음 대화를 재개하면 나는 물론
상대의 이해도가 넓어지고
새로운 의견을 모색할 길이 열릴 것입니다.
그 길은 함께 걸어갈 길입니다.

오해를 푸는 첫걸음

살다 보면 오해 때문에 사이가 멀어지는
마음 아픈 일이 참 많습니다.
오해라고 하는 건 상대가
'내 의도를 잘못 이해했다'라는 의미지요.
이성적으로 생각한다면 진실을 알고
이내 오해가 풀릴 것 같지만
대부분의 오해는 감정적으로 번져
상처가 훨씬 깊고 오래 갑니다.

'내 뜻은 그게 아니었는데
상대가 오해해서 억울하다'라고 느껴질 때
상대도 같은 마음일 수도 있음을 놓치지 않길 바랍니다.
내가 오해받는 처지라고 생각하면
'상대방은 괜찮겠지'라고 생각할 수 있지만
실은 그렇지 않습니다.
상대방도 결국은 내가 아픔을 주었다고 생각하기 때문이지요.

오해의 불씨가 타올라 양측 모두 상처받고 맙니다.

오해 때문에 받는 내 마음의 상처가 답답함으로,
또 그 답답함이 억울함으로 흘러갈 겁니다.
비록 나는 결백하고 상대 잘못으로 오해를 샀더라도
이런 마음가짐은 결코 나에게 도움이 되지 않습니다.
오히려 분하고 마음만 불편해집니다.
그 이유는 상대의 마음을 돌아보지 않고
내 마음만 돌아보기 때문입니다.
상대의 감정을 깊이 고민해 보지 않으면
더 큰 오해가 쌓여 서로에게
지울 수 없는 상처만 남기게 됩니다.

그래서 먼저 상대방을 인정하는 것이 중요합니다.
'어쩌면 내가 상대를 오해하게 만든 부분도 있을 거야.
그리고 상처의 크기가 나보다 상대방이

더 클 수도 있을 거야'라며
내 마음을 먼저 정리하고 받아들여 봅시다.

그리고 서둘러서도 안 됩니다.
상대방은 받아들일 준비가 되어있지 않은데,
내 마음을 풀고자 섣불리 먼저 다가서면
상대에게 더 큰 화를 자초할 수 있기 때문입니다.
잠시 떨어져 있는 시간도 필요합니다.
그 또한 상대를 위한 배려이고 화해의 과정입니다.
왜냐하면 감정이 상처를 입었을 때는
받아들이기 쉽지 않으며
상대도 마음을 정리할 시간이 필요합니다.

어느 정도 감정의 파란이 가라앉아 잔잔해지고,
마음의 상처가 시간과 함께 아물어
상대도 마음의 문을 조금 열었을 때

대화를 나누면 서로가 알지 못했던
진실이 밝혀질 겁니다.
'나는 상대의 오해에 대해서 얼마만큼 인정하는가',
'내 잘못에 대해서 얼마만큼 인정하고 있는가'를
스스로 판단하며 상대에게 다가서 주세요.

그리고 오해와 억울함을 당장 풀려는 것도
바람직하지 않습니다.
감정적으로 얼마만큼 소화해냈는가,
나 또한 미안하다는 생각이 얼마만큼 들었는가.
이 부분이 오해의 엇갈림을 푸는 첫걸음입니다.

살면서 마주치고 싶지 않은 사람이 있다?

"살면서 너랑은 절대로 두 번 다시 마주치고 싶지 않아!"

여러분은 어떠신가요.
이런 사람이 분명히 있을 수 있겠지요.
어떤 이유이건 간에 상대가 나를 싫어할 수도 있고
내가 상대를 싫어할 수도 있지요.
오해가 쌓이고 쌓여 혹여 다시 만나더라도
감정의 골이 더 깊어질 악연도 있을 겁니다.

부처님 제자 중에 '데바닷타'라는 사람이 있었습니다.
부처님의 사촌 동생인데도
승단을 깨고 제자들 사이를 이간질하며
결국 부처님을 배반하고 죽이려 들기까지 했던 제자입니다.
그래서 부처님도 몹시 힘들어하셨지요.

부처님이 만나주지 않자

데바닷타는 자기가 옳다고 주장하기 위해
어느 날 기회를 틈타 부처님께서 제자들과
사찰로 들어가는 길목에서 기다리고 있었습니다.
그것을 안 부처님이 제자들에게
그를 피해 돌아가자 하셨습니다.

마주치는 건 또 다른 분란을 낳을 것이고,
데바닷타가 진정한 대화를 통해서
관계의 골을 풀고자 하는 의도가 아니라
오직 자신이 옳다고만 주장하려는 자세면
만나봐야 소용이 없음을 아신 거지요.
데바닷타는 아무리 평정심을 유지하려 해도
자신의 주장을 받아들이지 않는 부처님을 보며
감정의 골이 더욱 깊어졌을 겁니다.
그래서 부처님도 굳이 마주치지 말고
길을 돌아가자고 하신 거지요.

물론 우리가 누군가에게 어떤 오해를 샀다면
오해를 풀기 위해서 노력해야 할 것입니다.
그러나 오해를 풀려고 만나기 전
내 감정 정리가 잘 되었는지와
상대 역시 상한 감정이 어느 정도
갈무리가 되었는지를 살펴야 합니다.
나는 이해를 하고 있지만
상대는 여전히 나를 이해하지 못한 채
오해 속에 있을 수도 있습니다.
그런데도 나는 준비됐으니
'상대와 일단 만나서 부딪혀보자'
라는 태도는 갈등을 더 키우게 됩니다.
무조건 만나서 해결하려 한다고
다 풀어지는 것이 아니기 때문입니다.

상대가 오해의 골이 깊고

나도 마음의 어수선한 감정이
아직 정리되지 않았다면 서로 피해야 합니다.
내가 옳지 않아서 회피하는 게 아니라
상대에게 더 큰 상처를 주지 않기 위해서입니다.
시간이 필요한 것이지요.
이런 억하심정抑何心情을 오래 가지고 있는 사람이
오히려 훨씬 마음이 여리고
또 상처가 깊은 사람입니다.

살다 보면 복잡한 관계와 오해 속에
만나고 싶지 않은 인연이 있을 수 있습니다.
그럴 때는 무리해서 대면하기보다
직접적인 만남을 잠시 피하시고
서로에게 시간을 두는 것이,
어찌 보면 돌아가는 길 같지만
실은 더 빨리 문제 해결로 나아가는 방법입니다.

4장

백 점이 아니어도 괜찮은 인생

스님도 사람입니다

안녕하세요, 29년 차 솔로인
성진 스님이라고 합니다. 하하.
스님들 보면 머리를 전부 밀었죠.
왜 머리를 안 기르고 싹 미는지
궁금해하는 분들도 종종 계십니다.
이는 불교의 창시자 석가모니께서
삭발하셔서 그런 건데요.
세속의 인연을 끊고 번뇌를 제거한다는
선언적 의미의 삭발이지요.
그렇다면 스님은 무엇으로 머리를 밀까요?
예전에는 삭두라는 크고 거친 칼을 사용해서
혼자서는 자를 수 없었는데요.
그러나 이젠 기술의 혁명으로
시중에 나와 있는 면도기를 사용하고 있습니다.
스님 혼자서도 깎기 편한 세상이 온 것이지요.

스님도 그렇고 목사님 신부님 등
종교인은 왠지 착할 것 같고,
화를 안 낼 것 같다는 이미지가 있지요.
다들 성품이 너그러울 것 같고 온화하지 않을까.
이처럼 종교인을 사람이 아니라
마치 신의 대리자처럼 숭배하듯 바라보는
세간의 이미지가 있습니다.

그러나 이는 편견이라고 말씀드리고 싶습니다.
종교인은 아주 인간적입니다.
하다못해 상처가 나서 꿰매야 할 때
"스님들은 마취 안 해도 되죠?"
이렇게 말하시기도 합니다.
하지만 안 하면 아픕니다.
우리도 똑같은 사람입니다.
보시는 분들이 너무 벽 너머에서 보시지 말고

스님들도 사람이구나,

그 속에서 벽 안에서

함께 이 세상을 살아가고 있구나를

느껴주셨으면 하는 마음입니다.

소 뒷걸음질 치다가 스님이 되었습니다

저희 어머님은 신심이 무척 깊으셨습니다. 어려서부터 어머니 손에 이끌려 절에 다니면서 당연히 저는 불자이고 종교는 불교라고 생각했지만 출가하여 스님의 길을 가야겠다고는 미처 생각하지 못했었습니다. 고등학교 때 문예반에 들어가서 책을 읽고 시를 쓰기도 했지만 사실 저는 공군사관학교에 가고 싶었습니다. 제복이 입고 싶었지요. 그런데 공군사관학교를 지원하려면 체력장 시험을 쳐야 하는데 물을 잘못 먹고 이질에 걸려서 체력장 시험에 가질 못했습니다.

저의 아버지는 첫 번째와 두 번째 대학 도전까지만 해도 제게 아무런 말씀이 없으셨습니다. 제가 원하는 대로 하는 모습을 지켜만 보셨지요. 그런데 세 번째 대학 도전을 준비할 때 아버지는 제 인생의 첫 제안을 하셨습니다. 바로 서울대가 아니면 동국대학교 불교학과를 가라는 것이었습니다. 최고의 대학이 아니라면 불교학과에 가서 불교 공부를 하라고 말씀하셨는데 저는 그 말뜻을 배수의 진을 치고 최고의 대학에 갈 만큼 최선을 다해 공부하라는 것으로 받아들였습니다. 그런데 아버님께서 대학 지원 날이 가까워진 어느 날 정말 불교학과 원서를 가져오셨습니다. 그렇지만 저는 정말 싫었습니다. 서울대가 아니더라도 서울의 다른 대학에 가고 싶었습니다. 이렇게 열심히 공부했는데 불교학과라니 도저히 납득할 수 없었습니다.

아버지 말씀을 어기고 몰래 경찰행정학과를 지망했지요. 접수처에서 2지망을 빈칸으로 비워두면 안 된다고 한 데다 아버지가 하신 말씀도 있고 해서 불교학과를 써서 냈는데 그만 2지망에 붙어 버렸습니다. 아버지는 당연히 1지망에 정상적으로 합격한 줄 아셨기 때문에 꼼짝없이 갈 수밖에 없었습니다. 아버지는 제가 출가한 후에 아마 이 사실을 아셨을 겁니다. 지금은 내가 부처님과 인연을 많이 지었구나 생각하지만, 그 당시만 해도 왜 나는 내 뜻대로 되는 일이 없을까 하고 괴로워했습니다.

그래도 학창 시절 어느 노트에 '인생의 길이 무엇이 되느냐가 중요한 게 아니라 어떻게 사느냐가 중요한 것이다'라고 써내려가던 기억이 그 상황을 받아들이고 나를 다스리는 데 도움이 되었습니다. 하지만 원하지 않았던 불교학과에 진학하다 보니 입학식 오후 환영 회식 자리에서 선배와 몸싸움마저 하게 되었고 이 일로 불교학과 입학생 전체가 학교 법당에서 108배 참회를 받는 일도 생겼습니다. 이렇다 보니 학교를 다니기는 했지만 적응도 힘겨웠고 갈수록 학교를 자주 빠지게 되었습니다. 그때만 해도 어렵고 힘든 일이 생기면 마음의 짐을 덜고 갈 수 있을 만큼 제 스스로 강하고 유연하지 못했지요. 비굴하다고 할까. 결국 스스로 그 길을 가놓고 상처를 많이 받았습니다.

마음이 밖으로 향하고 있을 무렵에 제가 힘들어 보였는지 불교학과에 편입한 어느 스님께서 절에 한번 들르지 않겠느냐며 기숙사에 전화를 주셨습니다. 당신의 은사 스님을 만나보면 도움이 될 거라고 하셨습니다. 그 은사 스님이 바로 훗날 저의 은사이신 월성 스님이십니다.

처음 은사 스님을 뵙고 3배를 한 후 스님 앞에 앉았는데 갑자기 닭똥 같은 눈물이 뚝뚝 떨어지는 겁니다. 스님을 뵈었는데 오로지 한 생각만 들더군요. 그동안의 삶이 다 잘못 산 것 같았습니다. 그때가 스물두 살이었습니다.

"스님 제가 22년 살았는데 잘못 산 것 같습니다. 저는 어떻게 살아야 하나요?"

스님과 한 시간 넘게 대화하며 묻기도 하고 말씀을 듣는 중에도 하염없이 눈물이 나왔습니다. 자비롭고 초아한 모습으로 계시던 스님께서 한순간 갑작스런 질문을 던지셨습니다.

"학생, 지금까지 와서 내 말을 듣고 질문한 네가 누구냐?"

처음에는 무슨 말인지 못 알아들었습니다. 이야기나 선어록에서나 보던 질문을 느닷없이 어른 스님께 받으니 답변을 어떻게 해야 할지 몰라 눈앞이 캄캄했고 머리를 큰 망치로 맞은 듯 지금까지의 삶이 두 조각나는 느낌이었습니다.

"스님! 제가 이걸 알려면 어떻게 해야 합니까."

스님께서 알려주셨습니다. 화두를 어떻게 챙겨야 하는지, 절은 어떤 마음으로 해야 하고 염불은 어떻게 해야 하는지, 내 마음의 주인인 나는 누구인지……. 출가하란 말씀을 하지는 않으셨지만, 저는 스님을 만나고 나서 일주일 만에 동기와 선배들의 만류에도 불구하고 기숙사를 도망치듯 나와 절에 들어와버렸습니다.

스물두 살의 나이에 부처님 제자가 되어 불가와 연을 맺은 건 그야말로 소 뒷걸음치다가 벌어진 일이었고, 은사 스님을 뵙고서 진짜 한 마리 소가 되어 출가를 할 수 있었습니다.

은사 스님 월성 스님! 2013년에 입적하셨지만, 자신을 찾아가는 길이 무엇인지 보여주셨고, 무엇을 부끄러워해야 하는지 제 마음에 이정표를 세워주셨기에 아직도 늘 가르침을 받습니다.

방황하던 스물두 살, 출가를 한 후 제가 좋아하게 된 말이 있습니다. 연연하지 말자! 이 말은 내가 최선을 다해도 결과는 다를 수 있으니 집착하지 말자, 놓아버릴 것은 놓아버리자는 의미가 있습니다. 또 한편으로는 안 되는 것도 있을 수 있다, 다 지나가는 것이다 라는 뜻도 담겨있지요. 지나고 나서 생각해 보면 그때 하지 못했던 일도 지금 다시 할 수 있는 기회가 오기도 하고 그 당시에는 꼭 하고 싶었던 것이지만 안 하길 정말 잘한 일도 있습니다. 막상

했더라도 생각과 달리 제대로 해낼 수 없었을지도 모릅니다. 그것에 너무 집착하여 애쓰다가 젊은 날의 모든 시간과 용기를 다 써버리지 않게 남겨놔야 합니다. 내 힘으로 안 되는 것을 받아들이는 연습도 필요합니다.

시를 쓰다 스님이 되었습니다

고등학생 시절 문예부에 들어갔었습니다.
가입할 당시에는 큰 고민 없이 골랐던 기억이 납니다.
학업에 도움이 되겠거니 한 것이 전부였지요.
그러나 저는 여기서 인생이 송두리째 흔들리는
경험을 맞닥뜨리게 됩니다.

동아리 첫날 신고식을 하고는
다 함께 분식집에 갔습니다.
선배들이 그 시절 귀했던 떡볶이와 라면을 사줬지요.
거기서 전교 1, 2등을 다투는 선배와 소위 논다는 선배가
가운데에 라면을 놓고는
자기들이 쓴 시로 대화를 나누기 시작했습니다.
그 분식집에서 서로의 시를 보고 함께 눈물 흘리는
모습에 그만 흠뻑 반하고 말았습니다.
제 세상이 한번 크게 깨지는 순간이었지요.
그동안 내가 아는, 내가 보는 세상은

얼마나 비좁았던지!
저는 그저 학업 성적이 우수한 모범생의
지극히 좁은 시야로만 살아왔던 겁니다.
세상에 얼마나 많은 인간 군상이 있는지
문예부에서 처음 마주했고,
이날부터 제 인생이
완전히 새롭게 쓰이기 시작했습니다.

대학 입시를 준비하며 학업에 매진해야 하는
고등학생 신분임에도
문예부 활동은 단 한 번을 빠지지 않고
열과 성을 다하며 시를 썼었지요.
하루는 제 아버지께서 공부에 집중하라며
문예부를 그만두라 하시기에
크게 싸운 적도 있었습니다.
한 발짝도 물러날 수 없어 단호히 답했었지요.

"아버지, 저는 못 그만둡니다.
문예부에서 제 인생이 달라졌기 때문입니다."

아버지는 그렇게 언성을 높이시고도
저의 진심을 알아주시곤
다음 날 아침 제 책상 위에
말없이 3만 원을 얹어두셨더랍니다.
학업에 방해가 되는 듯하여
만류하고 싶어 하시다가도
인생을 논하는 제 굳건한 신념에
이내 조용히 응원해 주시던 그 마음.
문예부원들과 함께 식사 한 끼 하라며
그 시절 큰돈을 선뜻 내어주신
아버지의 따스한 마음을
아직도 잊지 못합니다.

한 문예부원 선배의 집에 꾸준히 초대받아 들렀던
귀중한 추억도 있습니다.
그 집의 이름은 '바닷가 지붕 낮은 집'이었습니다.
부산 어촌 바닷가 지붕은 비바람을 견디기 위해
담벼락과 거의 붙어있습니다. 그래서 붙여진 이름이었지요.
선배 동생분은 민중미술을 하시던지라
그 집에 들어서던 순간 모든 벽은 책들로 가득 차 있었고
방문은 도화지가 되어 한반도 지도가
흑백 판화처럼 그려져 있었습니다.
식탁은 폐타이어를 아름답게 색칠해 유리를 얹은 것이
무척 아름다워 기억에 선연히 남아있지요.

그 집을 방문할 땐 규칙이 있었습니다.

1. 비 오는 날에만 올 것
2. 준비물은 라면 세 개, 양파, 소주 한 병

이 독특한 규칙을 지켜 방문하면

선배가 라면을 한 냄비 가득
양파 송송 썰어 넣어 끓여주었습니다.
그리고 고등학생인 후배를 아이로 보지 않고
늘 어른처럼 대하면서
인생과 철학, 세상 이야기를 해주었습니다.
학교 공부가 힘들어도 비 오는 날 선배의 집에
다녀오면 제 삶이 행복하고 아름답게 느껴졌습니다.

항상 비 오는 날에만 갈 수 있었는데
뒤늦게 그 이유를 깨달았습니다.
선배가 공사장 일을 다니셨기에
비 오는 날에만 집에서 만날 수 있었던 겁니다.
그런 내색을 전혀 안 하셔서
새까맣게 모르고 있다가
뒤늦게 알고 또 한번, 제 세상이 크게 울렸습니다.

저는 이 시절에 문예부 활동과 선배들의 도움으로
살면서 더 넓은 세상을 알고
많은 위안을 얻고 배움을 얻었습니다.
그래서 2학년 때 제가 만든 시집 뒤에 이렇게 썼습니다.

"내가 타인의 근심을 해결해 줄 수는 없겠지만
적어도 나를 만나고 돌아가는 사람들의
근심을 잠시 덜어드릴 수 있는 삶을 살아야겠다."

불가에선 우연은 없다고 합니다.
원인을 모르는 인연을 우연이라 할 뿐입니다.
학창시절엔 자신이 불가에 귀의할 거라고는
조금도 생각지 못했지만
그때 썼던 글을 보면 마치 제 미래를 예견한 듯합니다.
"인생은 무엇이 되는 게 중요한 것이 아니다.
어떻게 사는 지가 중요하다."

이 또한 단지 우연이 아니라
미처 알지 못했던 하나의 인연이겠지요.

지금 저는 스님이 되어
다른 이들의 걱정을 덜어드리며
조금이나마 도움을 보탤 수 있는
나날을 보내고 있습니다.
종교는 근본적으로 사람을 떠나서 존재할 수 없습니다.
이젠 종교라는 벽을 넘어
여러분에게 더 가까이 다가가고자 합니다.
모쪼록 제 한 마디가
여러분 마음속 짐을 조금이라도 덜어드릴 수 있기를.

남해 보리암

성진 스님

아들의 업보를 한 줌 시주보에 담으신 채 어머니 쉰 고갯길을……

달
보름

관음보살
보릿길 머그므고

물결
구우비 보리암
보릿길 물들으니

쉬흔
구우비 관음보살
천수합장 오울리네

어른이라는 이정표

제가 출가한 뒤부터는 저녁이 되면
은사 스님 방을 닦고 이부자리를 펴드리러
방으로 들어갔습니다.
은사 스님은 이 시간대가 되면
꼭 저에게 한 말씀 하십니다.
그날 있었던 이런저런 이야기를 하시는 것이지요.
신도분들 때문에 마음이 상한 이야기,
제자들에게 쓴소리했던 이야기 등을 하십니다.
은사 스님이 제 등을 두드리시며 하신 이야기가
아직도 잊히지 않습니다.

"등 뒤에 칼이 보인다.
누군가에게 나쁜 마음을 먹고
잘 풀지도 아니하고 서운하다 생각하고,
이렇게 독한 마음을 먹으면
다 내 등에 칼이 꽂히는 것과 같다."

저는 어른을 모시고 살면서 느꼈던 마음이나 자세가
제가 살아가는 데 있어서 이정표가 되었습니다.
지금 제 등에 꽂힌 칼들을 보고 있습니다.
누군가를 탓하거나 누군가에 대한 앙심이 생길 때마다
하나둘 칼이 늘어가고 있습니다.
어쩌면 은사 스님이 살아계실 때보다
제가 살아가고 있는 지금에서야 그 말씀들이
더 많은 이정표를 만들고 있는지도 모릅니다.

당신의 말씀 역시 제게는 칼날처럼 날카롭습니다.
다만 그 칼은 제 등이 아니라 제 눈앞에 있습니다.
날카롭게 저를 노려보고 있습니다.
당신의 말씀을 듣게 된 그날부터
먼 훗날 제가 죽게 될 때까지
이 말은 저의 방향성을 지켜주겠지요.
제가 허튼 생각 안 하도록

제 등이 아니라 제 심장을 노리겠지요.

그 칼날을 회피하지 않고 시작처럼 여기며

저는 가만히 바라봅니다.

가만히 저를 들여다봅니다.

속이 있으면 안 된다

은사 스님은 자주 이렇게 말씀하셨습니다.

"속이 있으면 안 된다."

처음에 속이 있다는 게 무슨 말일까 싶었습니다.
사람이 그럼 속이 차야지
속을 비우고 살 수는 없지 않습니까?
왜 스님은 속이 있으면 안 되는가
하는 의문이 자꾸 들었습니다.
이런 제 속내를 알아차리시기라도 한 듯
은사 스님께서 설명해 주시기로는
자꾸 내 안에 부정적이고 공격적인 생각을
남기지 말라고 했습니다.

스님이라는 자리 역시
누군가에게 공격적인 언행을 듣기도 하고

기분 나쁜 말을 듣기도 합니다.
누군가 저를 싫어할 수도 있지만
스님이 사람을 가리며 절의 출입을 받지는 않지요.
누군가가 절이 싫다고 절을 떠났다가
다시 절이 필요해져서 절로 돌아왔을 때
수행자라면 방문객을 반갑게
맞을 줄 알아야 한다는 겁니다.

예전에 싫었던 일 때문에
그 사람을 안 보려고 하지 말고
내 속을 비워내고 다시 그 사람 자체를
새롭게 받아들여야 합니다.
이게 세상에서 제일 어려운 일이지만
그래도 해내야 하는 일이지요.

자식이 미운 짓 해도

내 안의 감정들 비워내고 새롭게 받아들여야 하죠.
부모가 미운 짓 해도 내 안의 감정들 다 소화해내고
새롭게 이해하려고 노력해야 하죠.
예전의 서운함 때문에
눈앞의 사람을 제대로 보지 못하는 게
가장 어리석은 일일지도 모릅니다.

스님이 잘못을 했을 때도 마찬가지입니다.
잘못을 하면 바로 참회를 하고
참회를 하면 바로 받아줘야 합니다.
이게 속을 바로바로 비워내는 일이 쉽지가 않아요.
제아무리 수행자라도,
마음 공부하는 사람이래도 쉽지가 않습니다.
여러분이 누가 너무 밉습니다,
누구를 어떻게 용서해야 하나요 같이 질문해 주시면
당연히 힘들다고 말합니다.

저도 일평생 연습 중인데 쉬운 일이 아니니까요.

그럼에도 애는 써야죠.

그럼에도 노력은 해봐야죠.

군대 두 번 가고 싶다고 말하면 여러분은 화내겠죠?

공군 군종장교를 1997년부터 2000년까지
3년에 걸쳐 근무했습니다.
사실 훈련소까지 합치면 3년 4개월이지요.
어디 가서 군대 좀 다녀왔다고
말은 할 수 있는 정도입니다.
저한테는 군대가 아주 뜻깊은 장소였습니다.
누군가에게는 상처가 되기도 하고,
무의미한 시간이기도 하지만
저에게는 하나의 추억이고
하나의 가르침이었습니다.

그 당시 저는 27살에 임관을 해서
절집 안에서 5년 정도 있다가
군에 입대하게 되었지요.
아직은 수행 이력이 부족했고
법문 역시 부족했던 시절이었습니다.

군대에서 포교를 하면서
어떤 이야기를 했을 때는 장병들이 졸고 있고
또 다른 이야기를 했을 때는
귀를 쫑긋 세우며 듣고 있는 걸 보았습니다.

'아, 이런 방식으로 이야기를 해야
지루하지 않고 사람 마음에 잘 닿는구나.'
'아, 이런 법문과 이런 고민이 내게 부족했구나.
더 공부하고 정진해야 하는구나.'

저를 성찰하고 더 나아가
타인이 불교를 접하는 방식을 고민하게 됐습니다.
물론 군 포교를 통해 만났던
그 당시 장병들이 지금도 불교를 믿는지는
저도 확신할 수 없지요.
훗날 그들이 불교를 자신의 종교로

선택하지 않을지라도 괜찮다는 생각이 듭니다.
그저 그 시절 불교와 함께한
좋은 추억을 남겨줄 수 있었다면
그거대로 가치 있는 일을 한 것이지요.
초코파이 먹으러 오는 게 뭐가 나쁩니까.
힘든 군 생활에 몸도, 마음도 쉴 수 있는 장소를
불교가 마련해 준 게 중요하지요.

저에게 포교는 이렇습니다.
결국 현실로 더 다가가야 하고,
삶에 더 밀착해야 합니다.
나를 정진하는 일이 곧 포교이기도 합니다.
우선 내가 현실로 다가가
종교라는 이름의 막연히 멀어 보이는
벽을 넘어야 합니다.
제가 지금 방송에 출연하고

이렇게 글을 쓰며 여러분에게
다가가는 일이 그렇습니다.
제가 드리는 문장 중 여러분에게
도움이 되고 마음에 남는 문장이
단 하나라도 있다면
제가 포교를 제법 괜찮게 하고 있다는
반증이겠지요.

누군가에게 불교를 알리며
마음을 쉬도록 도와줄 수만 있다면
그게 군대라도 두 번 가는 게 뭐 별거입니까?

3대 종교가 군대에 다 같이 있으면 벌어지는 일

저는 영천에 있는 3군사관학교에서
군종장교로 훈련을 받았습니다.
그런데 훈육 장교가 가장 맡기 싫어하는
훈련소 중대가 군종 중대입니다.
여러 종교에서 장교가 모이다 보니
크고 작은 마찰이 있을 수밖에 없지요.
초기에는 내무반 생활을 하며
다들 '별일 없이 잘 지내겠지'라고
생각하지만 의외로 다툼이 일어나곤 했습니다.
한마디로 '적과의 동침'이라고 해야 할까요.

이런 일이 빈번하다 보니
제가 갔을 당시에 내무반을 분리했습니다.
다년간 경험으로 최적의 환경을 만든 것이지요.
목사님 내무반과 신부님 내무반 중간에
스님 내무반이 있었습니다.

얼핏 보면 기독교의 목사님과 천주교의 신부님이
비슷한 성격의 종교이기에
서로 교감할 수 있어 보이고
불교의 스님은 다소 거리가 있는 것 같아
이질감이 들지 않을까 싶을지도 모릅니다.
하지만 아이러니하게도 실제로는
스님과 신부님의 사이가 훨씬 더 좋았습니다.
어쩌면 독신은 독신끼리 통해서일지도
모르겠습니다. 하하.

그런데 되짚어보면 생활의 문제가 가장 큽니다.
문제라기보다도 서로 잘 맞지 않는 것이지요.
사실 종교 교리로는 싸울 이유가 없습니다.
서로 옳고 그름의 문제가 아니라
다름의 문제이기 때문이지요.
하지만 생활 방식이 서로 달라 마찰을 겪는데

목사님과 신부님이 스님보다는
강도가 심하게 자주 싸우는 것 같습니다.

군인의 신분으로 휴일에 족구를 할 때
특히 많이 다투곤 했지요.
늘 참선을 수행하는 스님들에게
활동적인 운동은 어쩌면 어울리지 않는지도 모릅니다.
쑥스럽지만 우선 지구력이 약하고
굳이 이기고자 하는 의지도 없습니다.
그래서 선수가 아닌 심판 역할을 많이 하곤 합니다.
심판이 되어 신부님과 목사님의 족구 시합을 보면
정말 승부욕이 강하다는 것을 깨닫게 됩니다.

또 신부님들은 대부분 나이가 많습니다.
일반병 생활을 하고 군종장교로 가기 때문에
평균 나이가 30대이지요.

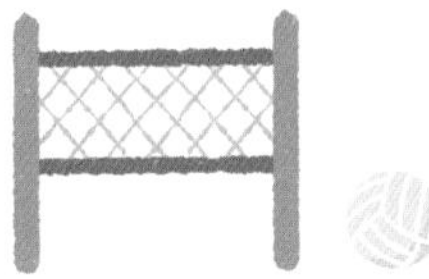

그에 비해 목사님들은 상대적으로 젊으므로
쉴 새 없이 뛰어다닙니다.
목사님, 신부님 모두 어떻게든 시합에서 이기려고
가지고 있는 모든 에너지를 쏟습니다.
그러다 보면 과열될 때가 있는데 그때마다
스님들이 중재하고 열기를 식힙니다.
저는 대한민국에 불교가 있어 다행이라고 생각합니다.
가장 먼저 이 땅에 들어와 있었고 종교 융화에 힘썼으니까요.
천주교가 이 땅에 처음 전파를 할 때
천진암이라는 암자에서 시작하였는데,
스님들이 숨겨주고 미사를 볼 수 있게 해주었지요.
이처럼 타 종교와 다투지 않고 그 안에서
조화를 이룰 수 있는 것에 불교의 역할이 크기 때문입니다.

입소하고 처음 식사할 때 한 3주간은 다들 경건합니다.
식사할 때 스님들이 공양게供養偈하듯

목사님들도, 신부님들도 저마다 기도를 하시지요.
그런데 3주가 지나자 한 신부님이 말씀하셨습니다.
"우리 그냥 식사하죠."
사실 모두 그러길 바라고 있었던 모양입니다.
그 후부터는 각자 속으로 기도하면서 식사하게 되었지요.

훈련을 받을 때는 어떨까요.
종교인이 아닌 군인의 신분이라 여러 훈련을 받습니다.
그중 산악 레펠이 있는데
절벽에서 110미터를 내려오는 훈련입니다.
명색이 죽음을 불사하며,
죽음을 두려워 않는 3대 종교면서
레펠 훈련을 가는 순간 본능이 발동하는지
서로 뛰지 않으려고 합니다.
사실 목숨(?)을 건 훈련 앞에서
종교인이라고 두렵지 않겠습니까.

서로 스님이 먼저, 목사님이 먼저, 신부님이 먼저를 할 때
모두를 부끄럽게 만든 사람이 있었습니다.
마냥 앳돼 보이던 조교의 한마디,
"군종장교 여러분, 진정한 용기는 두려움이 없는 것이 아니라
무섭지만 하는 것입니다."
그러고 나니 스님, 신부님, 목사님 호명되는 순서대로
다들 아무 말 없이 줄을 잡고 절벽으로 내려갔습니다.

막타워라는 훈련과정이 있습니다.
줄에 매달려 인간이 가장 공포를 느낀다는
11미터 타워에서 뛰어내리는 것입니다.
그때 조교들이 습관적으로
사랑하는 사람의 이름을 부르며 뛰라고 합니다.
그 순간 스님과 신부님들의 당황하는 눈빛이 보였습니다.
누군가의 이름을 부르는 게 어색하기도 하고
독신 성직자의 신분상 어울리지도 않는 것 같아

조용히 이 악물고 뛰려고 준비합니다.
사랑하는 사람 대신 '관세음보살', '성모마리아'를 외치며
뛴다면 얼마나 어색하겠습니까.
그런데 목사님, 신부님, 스님 순서로 뛰는데 목사님이
아내분 이름을 부르고 과감하게 뛰시는 겁니다.
처음 스타트를 그렇게 하시니 이후 어떻게 되었는지는
상상에 맡기겠습니다.
어머니!
관세음보살!

군종장교를 다녀와서 신부님과 목사님을
많이 이해할 수 있었습니다.
즉 이런 기회로나마 마주치지 않았다면
서로에게 가졌던 선입견과 관념이
너무 강해 미처 몰랐을 것입니다.
이렇듯 관념은 마주치고 경험해야지만

그 벽이 허물어질 수 있습니다.
처음에는 서로 어색하고 너무 다르지만,
그 다름을 경험하며 이해하게 됩니다.
지금 여러 다른 종교의 성직자분들과
방송을 편하게 하고 친하게 지내는 것도
같이 생활했던 경험 덕분입니다.
그분들을 만나면서 저도 많이 배우고 깨달았습니다.
여러분도 관념의 벽을 허물고
넓은 시야로 세상을 바라보시기 바랍니다.

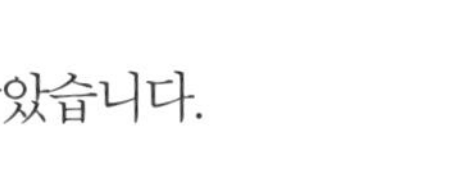

다양한 성직자의 급여 시스템

〈다수의 수다〉 프로그램에서 성직자분들의
급여에 대해 이야기한 적이 있습니다.

우선 종교별로 급여 체제를 살펴봅시다.
개신교는 개인사업자입니다.
그렇기에 우리나라 목사님 급여는
최저 임금 수준도 안 될 때가 많습니다.
천주교는 직영점 개념으로
교구에서 월급이 아니라 사례금으로 받지요.

불교는 어떨까요?
불교는 프랜차이즈로 비유하고 싶습니다.
조금 다른 부분이 있긴 합니다만
얼추 비슷합니다.
프랜차이즈 점주는 브랜드나 재료를
본사에서 받아와 가게를 운영하지요.

불교는 보통 '주지住持'라는 용어를 사용하는데
여기에 쓰인 주는 주인 주主가 아닙니다.
머물 주住입니다.
반면 프랜차이즈 점주는 주인 주主자이지요.
즉 스님에겐 재산 소유권이 없다는 말입니다.
부동산으로 비유하자면 집주인은 아니면서
운영과 관리의 책임이 있는 셈입니다.
불교의 급여 체계는 천주교와 비슷합니다.
프랜차이즈에서 벌어 본사로 올리고
세금을 제한 후 보시금이 지급됩니다.
프랜차이즈와 거의 같은데 점주主는 아닌 거지요.

원불교는 스타트업 같은
신생 기업이라고 할 수 있습니다.
역사가 백여 년밖에 안 되었기 때문이지요.
스타트업의 특징은 '1인 다업'입니다.

즉 성직자가 본업이 아닐 수도 있고
종교 자체에서 다른 직업을 권장하기도 합니다.
교무이면서 변호사, 의사, 교수가 가능한
성직자라고 할 수 있습니다.
신생 종교인 만큼 여러 가능성이 활짝 열려 있는
원불교 교무님이십니다.

이렇게 비슷한 듯 서로 다른 네 종교의
생계를 위한 급여 이야기.
어떻습니까, 궁금증이 해소되셨을까요?

일주문 앞에 불 밝힌 크리스마스 연등 트리

뉴스에서 보신 적 있으시죠?
부처님 오시는 날에
천주교에서 축하를 해주기도 하고
크리스마스를 불교에서 축하해 주기도 합니다.
그렇다면 스님은 크리스마스 날
교회나 성당에 갈까요?
그거야 당사자 마음이겠지요.
갈 때도 있고 안 갈 때도 있습니다.
만약 타 종교에서 초청해 주면 감사히 갑니다.

보통 12월 중순쯤 되면 조계사 일주문 앞에서
연등으로 트리를 장식하고 점등식을 합니다.
조금 낯선 풍경이겠지만 부처님 불상 앞에서
가부좌를 틀고 예수의 생애를 설교하기도 합니다.
그리고 목사님이나 신부님을 초대하고
불자들이 성가대를 꾸리거나

불자 어린이 합창단이 캐럴을 부르기도 합니다.
밀려드는 감동은 정말 이루 말할 수 없습니다.

이처럼 다른 종교에 선입견 없이
있는 그대로 받아들이며 존중해 주는
바람직한 문화가 우리나라 종교에는 가득합니다.

운명이라는 단어에 '나'는 없습니다

'운명을 믿는다'라는 말은
다시 말해 '신을 믿는다'라는 의미가 됩니다.
운명을 믿는 사람은 사실 운명을 알 필요가 없습니다.
그렇지 않습니까? 어차피 운명은 정해져 있으니,
신을 믿으면 그냥 알아서 될 테니까요.
그래서 서양 종교는 신을 믿는 것으로 모든 걸 대신합니다.

'운명'은 동양의 단어가 아니기도 합니다.
불교에서는 '인과因果'입니다.
내가 지금 하는 일이 내일의 나에게
어떠한 결과를 가져올 것이라는
원인과 결과가 있다는 겁니다.
예전에 어른들은 무슨 일이 생기면
'내가 전생에 무슨 죄를 지었나?' 이렇게 표현을 했고
요즘 젊은 세대는 '전생에 나라를 구했나?'라고 합니다.
이 모든 표현은 불교의 인과응보에 기반을 둔 것입니다.

사회는 급격하게 변하고
옆 사람과 차이는 이미 벌어져 좁힐 수 없을 것 같고,
내 인생만 막연한 것 같아 위안받고 싶은 마음에
명리학이나 토정비결, 타로를 통해서
내일에 대한 희망을 얻으려고 하기도 합니다.
조금이라도 좋은 말을 듣고 싶고
당장 개선될 수 없는 현실이더라도
"당신 올해 운이 좋습니다"라는 말을 듣고서
기운을 내고자 하는 심리입니다.

당연하지만 너무 집착하는 것은 옳지 않지요.
결국 내가 나를 돌아보고
내 미래는 내가 만들겠다고 다잡지 않으면
상황이 변할 때마다 늘 불안하고
그때마다 운명을 알아보러 다녀야 할 겁니다.

정작 운명을
오늘이라는 말로 버티고 이겨내는 것은
당신입니다.
당신을 믿어주고 다독거려주며
'괜찮다' 말해주는 것이
당신을 위한 최고의 사주입니다.

반려동물을 향한 마음가짐

반려동물이란 표현을 잘 들여다보면 불교적입니다.
종교 중에서 축생계, 동물에 관련된 이야기를 하는 종교로
불교를 빼놓고 말할 수 없지요.
불교에서 육도윤회인
축생도, 인간도, 아귀도, 지옥도, 천상도, 수라도,
여섯 가지 세상 중 인간도와 유일하게
물리적인 공간이 겹치는 곳이 축생도입니다.
그렇게 축생도와 인간도는 한 공간에서 이루어집니다.
그런 만큼 서로 굉장히 깊은 인연을 가지고 있습니다.

반려동물과 인연을 지을 때는 그 어떤 것보다도
지중한 인연 속에서 서로 만났음을 생각해 주세요.
함께 살아가며 비록 소리 내서 말은 못하지만
한 중생으로서 같은 중생의 삶을 살며
깨달음을 향해 함께 가는,
육도 중에서 유일하게 인간도와 함께 하는 축생도.

그만큼 우리 스스로가 반려동물과 인연을
소중하게 잘 맺어야 합니다.

반려동물과 인연이 다했을 때도
마지막 가는 길까지 잘 보내주세요.
요즘은 화장하는 곳이 다 있으니,
화장한 후에 여러분 다니시는 사찰이나
산에 수목장을 하셔도 좋습니다.
기도를 올리기도 하며 다음 생을 빌어주세요.
반려동물의 다음 생에는
부처님 인연을 만날 수 있는 세상,
인간의 지혜를 가질 수 있는 세상,
즉 인간도에 태어나기를 염원해 주세요.

동물은 우리 인간과 가장 가까이 살고
물리적인 공간을 함께 누리는 만큼

지중한 인연임을 꼭 명심해서,

그냥 좋아하는 것에 그치지 않고

함께 살아간다는 마음으로

사랑과 배려와 자비를 꼭 베푸시길 바랍니다.

불교로 동화 읽기

나쁜 사람들이 벌받는 이야기

동화는 아이들에게 인류의 선함을 가르치기 위해 만들어집니다. 착하게 사는 삶을 권하고 나쁘게 살면 벌받는다는 권선징악이 여러 이야기들 속에 녹아들어 있습니다.

〈마음 읽어드립니다〉 프로그램에서 홍창진 신부님과 함께 종교로 동화를 살펴본 적이 있습니다. 신에 대해 이야기하기에는 동화가 아주 적절합니다. 동화 속에는 저마다 종교적 상징이 있으면서 자유로운 상상과 사고가 가능하기에 어린이 철학책이라고 신부님도 말씀하셨지요.

불교에서 동화는 주로 부처님의 전생을 다룹니다. 부처님은 백겁의 시간을 거치며 547번 윤회 후에 부처가 되셨다고 합니다. 왕, 수행자, 상인을 비롯 앵무새, 황금 사슴, 원숭이, 토끼, 황금 거위, 물고기 등 다양한 모습으로 나타나셨지요. 세상의 온갖 고통과 번뇌를 이겨내며 수많은 보시와 선행 공덕을 행한 부처님의 전생 이야기는 미담과 선행의 주인공으로서 그 전생 한 편, 한 편이 최고의 동화이기도 합니다.

그렇기에 불교에는 동물과 관련된 동화가 많습니다. 〈황금알을 낳는 거위〉와 비슷하게 불교에서는 〈황금 깃털을 가진 거위〉가 전해져 내려옵니다. 가족을 두고 죽은 아버지가 황금 거위로 환생하여 가족을 위해 황금 깃털을 하나씩 떨어뜨렸는데 가족은 욕심을 내어 거위의 깃털을 다 뽑아버렸다는 이야기지요.

부처님 전생 설화를 살피다 보면 강한 동물로는 환생하지 않으신 점이 눈에 띕니다. 대체로 약하지만 정의롭고 희생적인 동물 위주로 많이 보입니다. 〈별주부전〉과 비슷한 악어와 원숭이 이야기도 있습니다. 부처님이 원숭이였던 시절에 하루는 악어를 만났습니다. 악어는 저 강만 건너면 더 맛있는 과일이 있다며 유혹을 하지요. 원숭이가 수영을 못한다 하자 악어는 자기 등에 태워 강을 건너 데려다주겠다고 합니다. 원숭이를 등에 태운 악어가 강 중간쯤에서 원숭이를 잡아먹으려 물속으로 들어가려고 하니 원숭이가 꾀를 부립니다. 심장을 나무 위에 걸어놓고 왔으니 다시 데려다주면 심장을 가져오겠다고요. 악어는 원숭이 말에 속아 육지로 데려다줍니다. 그리고 원숭이는 잽싸게 달아났지요. 목숨을 구한 원숭이의 지혜로움이 드러나는 면모가 별주부전과 유사합니다.

여기서 악어는 석가일 때 부처님을 배반한 데바닷타를 상징합니다. 부처님의 사촌 동생이지요. 부처님을 시기, 질투했습니다. 청부 살인을 꾀하는 등 부처님을 공격하려고 한 모습이 동화에서 교활한 악어의 모습으로 나타납니다.

〈심청전〉은 이야기 자체가 불교 설화에 기반합니다. 근원은 〈원홍장 이야기〉입니다. 심봉사 자리에 원량이라는 눈 먼 사람이 등장합니다. 어느 날 원량이 물에 빠졌는데 그때 스님이 나타나 구해주며 말했습니다. 꿈에서 오늘 맹인이 물에 빠지는데 그를 구해주면 크게 기부할 것이라 했다고 말입니다. 그러자 원량이 저는 가진 게 아무것도 없는데 어떻게 크게 기부하냐고 했지요. 곁에서 듣던 16세 딸이 우리는 드릴 것이 없으니 대신 제가 절에 가겠다고 해서 딸이 절에 들어가기로 합니다.

그렇게 딸이 스님을 따라가다가 잠시 아버지 생각에 바닷가에 앉아 있는데 진나라 거상의 배에 탄 사람이 와서 말했습니다. 어젯밤 꿈에 선인이 나타나 백제 땅에 황후가 될 여인이 있다고 계시하였는데 그게 바로 당신인 것 같다고 말입니다. 그리하여 진나라 사람들이 가져온 진귀한 재물을 절에 바치고 중국에 들어가 황후가 되었다는 이야기입니다.

이를 각색한 게 심청전이지요. 원전 설화에서는 공양미 300석이 나오지 않습니다. 공양이라는 의미가 상대에 대한 존경의 뜻을 표하기 위해 음식, 재물 등을 바치는 일입니다. 쌀이면 공양미, 책이면 법공양이지요. 부처님은 신에게 어떤 것을 산 제물로 바치는 걸 강력하게 거부했습니다.

대가를 바쳐서 얻는 건 있을 수 없는 일입니다. 그러니까 공양미도 본디 안 되는 것이지요. 물질과 생명을 동등하게 두는 게 안타깝습니다. 원래 이야기는 그런 의미가 아니었는데, 각색된 당시 사회도 굉장히 힘들었던 게 아닐까 생각해 봅니다. 그리고 이 이야기 속 교훈은 공양미 300석이 아니라 잘 아시다시피 지극한 효심에 초점을 맞춰야 하는 것이지요.

불교 동화도 흥미와 교훈을 위해 사실적인 이야기를 했으면 합니다. 비단 아이들만이 아닌, 동화를 잃어버리고 사는 어른들에게도 인류는 근본적으로 선한 기운을 가지고 있고 그들이 세상을 돌아가게 한다는 메시지가 전해지길 바랍니다. 불교 설화에 녹아든 메시지는 천 년 전, 이천 년 전에 만들어져 모양새는 조금씩 변해도 지금까지 계속 구전된다는 건 특정 종교를 떠나서 그것이 우리 삶의 나침반인 게 아닐까요.

사후세계, 사실은 지금을 살기 위한 이야기

불교에서 죽음은 돌아간다는 의미입니다.
윤회輪廻이기에 저승으로 돌아가 다시 태어나는 것이지요.
저승, 이승은 한글입니다.
'피생彼生'이라는 말에서 나온 말인데
'저 피', '살 생'이 합쳐진 말입니다.
다시 말해 저승은 '저곳에 태어나다'라고 할 수 있지요.
지옥에 가는 것도 불교에서는
다시 태어나는 것이라 할 수 있습니다.

불교에서는《자비도량참법》을 통해
지금도 지옥에 대해 이야기합니다.
경전을 읽으면서 죄를 참회하는 불교 의식이지요.
지옥에 가면 염라대왕이 '업경대業鏡臺'라는 거울에
중생의 죄를 비추어 봅니다.
사람을 속이거나 외도했거나 하면
생전에 저지른 잘못이 거울에 다 비칩니다.

그리고 칠일을 관장하는 오관대왕伍官大王이 있습니다.
오관대왕은 '업칭業秤'이라는 저울을 가지고
저울에 죄를 달아서 그 경중에 따라 벌을 내립니다.

불교에는 지옥이 무려 136개나 있습니다.
개중 몇 가지를 말씀드려봅니다.
확탕지옥鑊湯地獄이 있습니다.
부처의 금계를 깨뜨려 중생을 죽이고
고기를 먹은 사람이 가는 지옥입니다.
가마솥같이 불이 끓고 있는 곳에
죄인을 집어넣습니다.
발설지옥拔舌地獄은 말로써 죄를 지은
사람이 가는 지옥입니다.
사람의 혀를 뽑고 소를 데려와
쟁기로 그 혀를 갈아버립니다.
또 아귀지옥餓鬼地獄이 있습니다.

몸은 태산만 한데 목구멍이 작습니다.
게다가 식도에 바늘이 있지요.
음식을 삼키려 하면 결국 찔려버립니다.

어떻습니까?
지옥의 이야기 정말 무시무시하지요.
하지만 현시대와 동떨어지다 보니
믿는 사람은 별로 없을 겁니다.
차라리 지옥에 겁을 좀 먹었으면 하는 마음인데요.
실제로 초기 불교에는 지옥이란 개념이 없었습니다.
우리는 살면서 '인과응보'라는 이야기를 자주 하지요.
그런데 착한 일을 해도 착한 일이 오지 않는
세상을 살고 있습니다.
그러면 저희의 일은 그런 사람들을 달래주는 겁니다.
괜찮다, 저 사람은 당장 벌받지 않는 것처럼 보여도
나중에 벌받을 것이다.

나중에 죄업의 대가를 치른다는
사후 세계에 대한 걱정이
이쪽으로 상상력을 더 풍부하게 해주어
이토록 생생한 지옥에 대한 이야기까지 이른 거지요.

결국은 이 모든 게
자기를 알아차리고 사느냐의 문제입니다.
내가 지금 나를 못 알아보고
내가 어떻게 사는지 모르니까
자기 양심 거울을 못 보는 게지요.
모든 일에는 원인이 있고
결과가 뒤따르는 법입니다.
지금 나의 행실 하나도
무언가의 원인으로 싹터
그로 인한 결과가 맺히게 됩니다.
선한 움직임에는 선한 결과가 따르고

악한 행보에는 업보를 치르는 날이 오지요.

사실 지옥은 죽어서 가는 게 문제가 아닐지도 모릅니다.
그릇된 행동이 모여 현세에 지옥을 부르는,
여생을 지옥같이 괴로운 현실에서 살게 되리라는
경고에 가까울 수도 있겠습니다.
이를 유념하시어
여러분도 현실에서 자신의 거울을 비춰보며
보다 옳은 길로 나아가시길 바라봅니다.
나는 지금 나의 참모습을 잘 알아보고 있는지
또 잘 살고 있는지
양심 거울을 먼저 들여다보면 어떨까요.

순례는 어느 목적지가 아니라 자신의 발자국에 있습니다

요즈음 많은 분이 순례길로 여행을 떠나시곤 합니다.
순례巡禮란 종교적 의미가 있는 거룩한 곳을 찾아
참배하며 신심을 쌓고 영적인 위안도 얻고
진리를 깨닫는 것을 말합니다.
기독교, 천주교에서는 중세부터 순례 문화가 형성되었고
이들을 순례자라고 하였습니다.

순례길을 따라 걷는 여행은
결국 그 과정을 통해
나를 발견한다는 의미가 있습니다.
불교에서는 수처작주 입처개진隨處作主 立處皆眞
라는 말이 있습니다.
머무르는 곳마다 주인이 되라隨處作主.
지금 네가 서 있는 그곳이 바로
진리의 자리立處皆眞이니
자기가 처한 곳에서 주체성을 갖고 최선을 다하면

어디서나 참된 것이지 헛된 것은 없다는 말입니다.
중국 당나라 시대의 임제臨濟 선사의
언행을 담은 임제록臨濟錄에 실려 있습니다.

우리는 자신이 지금 있는 자리,
내가 발을 딛고 있는 바로 그 자리에서
자신의 뜻을 펼칠 수 있어야 합니다.
진리를 찾기 위해서
순례라는 먼 여행길을 떠나더라도
그것을 실현하는 것은 결국
내가 다시 돌아와서 서 있는 곳입니다.
입처개진, 진리란 지금 내가 서 있는
그곳이 참된 자리인 것입니다.

이름이 순례길이라고 해서 걷기만 하면
순례가 저절로 되는 것은 아닙니다.

진정한 순례의 개념은
작은 공간에서도 자기 마음을 발견하려고 든다면
거기서도 충분히 순례가 될 수 있습니다.
동네를 한 바퀴 돌아도 얻을 수 있는 것입니다.
너무 '순례'라고 이름 붙은 길에
집착하지 않았으면 좋겠습니다.

어느 곳을 가더라도 이야기는 있습니다.
이 세상에 어느 마을 어느 장소를 가더라도
이야기가 있습니다.
아무도 없는 큰 나무 아래에도 진리가 있습니다.
물론 그것이 나의 이야기는 아닐지언정
그 속에서 나를 발견할 수 있고
영적인 위안이나 도움을 받을 수도 있으며
의미 있는 장소가 될 수도 있습니다.
순례 여행을 가는 것도 좋고

그곳에서 진리를 배우는 것도 좋지만
돌아와서 지금 여러분이 자리한
그 환경 속에서도 진리를 찾는,
참된 자리와 새로운 이야기를 만들어가시기를.

별을 보며 따라가는 희망의 길

제가 지내는 절의 이름은
성관사星觀寺 입니다.
별 성자에 볼 관자,
별을 보며 따라가라는 의미지요.
제 은사 스님 되시는
월성 스님께서 지으신 이름입니다.
전북 장수 성관사를 창건하시고
남양주에 있는 저희 절에도 같은 이름을 주셨습니다.

세상의 무수한 별들이 밤하늘에 반짝입니다.
땅에 있는 많은 중생이
비록 하늘에 있지 않을지언정
밤하늘을 올려다보며 별빛에 위안을 받고,
어디로 나아가야 할지 희망을 찾지요.
그러한 역할을 수행자가 하는 겁니다.
불자들은 성관사를 통해서 별을 보는 거니까,

즉 어려움 속에서 빛나는 별을 보며 희망을 찾습니다.
역시 별을 보면서 가야 할 길은 무엇이겠습니까.
부처님께 다가가는 길을 함께 잘 해내자는 의미에서
성관사라고 사찰 이름을 지어주신 겁니다.

그렇게 오늘도 어둑한 밤,
총총한 별빛을 바라보며
우리가 함께 나아갈 희망의 길을 어림해 봅니다.

우리는 인연이라 합니다

저는 부처님 말씀을 공부하는 일이
가장 감사하고 고마운 일이라고 생각합니다.
저에게 우리로서 함께 살아가는 길을
알려주셨다고 느낍니다.
비록 출가라고 하는, 홀로 떠나야 하는 삶이지만
어떻게 해야 함께 살아갈 수 있는가
이에 대한 답이 내 마음 속에 있음을
알 수 있었습니다.

부처님께서 모든 중생에게 남긴
가장 중요한 말씀은
어떻게 하면 우리 모두가
서로에게 좋은 선연이 되어서
각자의 마음을 밝혀낼 수 있는가입니다.
우리는 모두 몸이 떨어져 있지만
가르침 안에서, 부처님의 말씀 안에서는

하나로 이어져 있습니다.

좋은 일이 생겼을 때는 나 혼자만의 것이었으면
하는 생각을 가끔 합니다.
그리고 어려운 일이 생겼을 때는
이 어려움을 타인과 나누고 싶다는 생각이 듭니다.
우리 모두가 연결되어 있다는 전제 앞에서
앞에 문장은 왠지 손해 보는 것 같고
뒤에 문장은 나만 힘든 게 아니라고
위안받게 됩니다.
부처님께서는 말씀하셨지요.
우리는 모두 연결되어 있다고요.
이 모두 안에는 가족, 친척, 친구, 연인, 사회,
그리고 부처님이 있습니다.
우리가 좋을 때마다, 싫을 때마다
찾던 인연이라는 단어가

사실은 우리에게 늘 내재되어 있었던 거지요.
그 수많은 인연 중에 가장 감사한 인연이
부처님의 가르침이고요.

내 기쁨을 나눌 누군가가 있고
내 슬픔을 나눌 누군가가 있습니다.
내게 이정표가 되어줄 누군가가 있습니다.
누군가의 아픔을 함께 극복하기 위해
우리는 마음을 쓰고 있습니다.
바로 그 마음에서 힘을 얻고
빛을 찾아 나설 수 있습니다.
그것이 인연이라는 말이겠죠.
여러분께서는 어느 누구보다도
인연으로 연결되어 있음을,
그리고 우리 모두가 잘 살도록
손을 잡아줄 수 있음을

잊지 않길 바랍니다.

그게 참다운 불자이고 참다운 가르침이라고

부처님의 말씀을 대신 전해드립니다.

그 마음을 현 세상에 읽어드립니다.

성진스님 무엇이든

궁금하면 다물어봐

성진 스님께 무엇이든 물어보세요

독자분들의 크고 작은 인생 고민을 직접 여쭤보았습니다.

Question #1

'모든 괴로움에서 벗어나는 방법은 무엇일까'라는 고민을 자주 합니다. 여기서 벗어나기 위해 '이 괴로움이 내가 짓는 것이구나'라고 스스로 이해하고 반성하다가도 또 어떤 때는 막 화도 나고 남 탓도 하는 등 마음이 왔다 갔다 합니다. 그런 상태가 사실 깨달음의 상태는 아닐 것 같은데 어떻게 스스로 깨달음을 얻을 수 있을까요?

인생의 희로애락, 누구나 가지고 있는 감정들……. 그 감정들은 어떻게 다스려야 행복한 삶을 살 수 있을까요?

성진 스님 답변

괴로움에서 벗어나기 위해서는 첫 번째로 괴로움이 어디서 시작되었는지 원인을 찾아야 합니다. '아, 괴로움은 내가 짓는 것이구나'를 아셨으니 첫 계단은 오르신 것이지요. 하지만 이는 마치 집에서는 공식대로 나온 문제를 풀지만, 학교에서의 시험 문제는 응용되어 나오기 때문에 문제를 틀리는 것과 같습니다.

여기서 한 계단 더 위로 오르기 위해서는 내가 '왜' 괴로움에서 벗어나야 하는지 확실한 자신만의 이유가 있어야 합니다. 난 잘못이 없는데 다른 사람의 잘못 때문에 피해를 본 상황에서도 내가 '화', '억울함', '원망'의 감정을 '왜' 다스려야 하는지 자신만의 확고한 이유가 있어야 합니다. 어떤 분은 술 마시지 말라는 부인의 잔소리가 싫어 퇴근길에 부인에 대한 원망과 욕을 하는 순간 발을 헛디뎌 공사장 맨홀에 빠져 크게 다칠 뻔했다고 합니다. 그래서 그분은 이 사건 후로 혼자더라도 결코 부인 욕을 하지 않는다고 합니다. 이런 이유라도 있어야 하는 겁니다.

그리고 다른 감정적 대안이 있어야 합니다. 예를 들면 예전에는 도로에서 접촉 사고가 나면 운전자가 나와서 일단 소리부터 지르고 봤습니다. 목소리 큰 사람이 잘못 없는 사람이라고 받아들이던 어리석은 시절이었습니다. 하지만 지금은 그런 광경을 보기가 드뭅니다. 더 효율적인 대안을 주는 보험회사와 상황이 녹화된 블랙박스가 있기 때문입니다. 이처럼 감정도 '분노' 말고 자신만의 다른 긍정적, 중립적 감정을 많이 가지고 있어야 합니다. 제가 아는 어떤 어른 스님은 혹 나쁜 감정이 생길 것 같으시면 혼자 흥얼거리듯 노래를 부르십니다. 그리고 "야", "이런 나쁜 ××", "으이구"의 감탄사 대신에 "관세음보살", "아~ 나무아미타불" 이런 말로 바꾸십니다.

감정도 결국 말로 표현될 때 불이 붙는 것이죠.

마지막으로 감정도 습관입니다. 태어나 지금까지 가장 익숙하고 편했던 감정이 툭 나오는 거지요. 머리로는 이해했지만 결국 습관의 벽에 부딪힙니다. 오른손잡이가 왼손으로 밥을 먹으려 하면 얼마나 불편합니까. 감정도 나쁘게 써오던 버릇을 생각만으로 바꾸려 하면 불편해서 어려운 것이지요. 이제 감정의 습관 바꾸기 연습을 해야 합니다. 인내를 가지고 포기하지 않아야 합니다. 그러려면 내 연습에 진전이 있는지 꾸준히 체크해야 하지요.

어느 날 평소의 습관처럼 화를 내거나 부정적 감정에 휩싸인 후 갑자기 머리도 아프고 배도 아프고 몸이 으슬으슬 아파온다면 이제 나쁜 감정을 버리기 시작한 겁니다. 온몸에 독을 품고 있어도 자신은 독에 상처 입지 않는 것은 이 세상에 독사뿐이지요. '욕'하고 '화'내서 아프다면 우리 자신이 독사에서 사슴으로 변하고 있다는 반증입니다.

결국, 평소의 삶에서 부정적 감정의 고통이 줄어들고 긍정적인 생각과 좋은 감정이 많아지는 것을 우리는 '행복'이라 부릅니다.

Question #2

감정적으로 성숙한 사람이 되고 싶어요!

감정 기복이 심한 편이라 감정이 저를 지배하고 있다고 느껴질 때가 많습니다. 그럴 때마다 제 자신이 한없이 작아 보여요.

저는 이런 우울하고 슬픈 감정들을 이겨내고 싶습니다. 기분이 태도가 되지 않는 성숙한 어른이 되려면 어떻게 해야 할까요? 또 얼마나 큰 어른이 되어야 할까요?

성진 스님 답변

자신의 감정을 돌아봤을 때 부끄러운 마음이 든다면 성숙해지는 과정에 진입했다는 이야기입니다. 나이가 40세, 50세, 60세, 70세 어른이 되고 부모가 되어도 마음은 아직도 유아기, 청소년기를 벗어나지 못한 채 있을 수도 있습니다. 어떤 감정에 성숙한 답을 찾지 못했으면 마음은 질풍노도의 시기에 계속 머무는 것이지요. 그래서 마음이 성숙해지기 위해서는 먼저 이런 미성숙한 자신의 마음을 인정하고 배우려고 해야 합니다. 다행스러운 건 마음은 죽음의 순간에도 성장하고 변할 수 있다는 겁니다.

감정은 여러 상황에 따라 다양하게 나오고 또 서서히 지나갑니다. 감정이라는 것 자체가 조건적으로 발생하는 것이어서 구름처럼 다양하게 나오고 또 바람을 따라 서서히 지나갑니다. 그래서 울다가도 웃을 수 있지요.

그런데 어떤 특정한 감정만을 계속 붙잡아두고 지속할 때 문제가 생깁니다. 우울함뿐 아니라 즐거움도 마찬가지입니다. 흘려보내지 못하면 모두가 탈이 생깁니다. 먼저 감정은 죄가 없지요. 지나가기 위해 왔을 뿐인데 그것을 붙잡아서 문제가 됩니다.

감정이 기분이 되고 태도가 되어버리는 과정이 있지요. 한번 확인해 보세요. 감정이 기분이 되어 태도가 되는 상황과 그것을 표현하게 되는 특정한 대상이 있는지 말입니다. 엄마에게는 다신 안 볼 듯이 짜증을 내고 방에 들어가 너무나 다정한 목소리로 친구와 통화하는 자식이 있습니다. 그리고 밑에 직원에게는 쉽게 분노하는 상사가 사장님에게는 너무나 고분고분한 모습을 보입니다. 그것은 감정에 지는 것이 아니라 감정을 기분으로, 태도로 이용하는 것이지요. 그리고 그런 태도가 습관이 되면 나는 원래 그런 사람이 되어버리는 겁니다.

지금부터 어린이가 되어보세요. 다양한 감정 표현 방법을 다시 배우세요. 음악이나 노래도 좋고, 그림이나 춤도 좋고, 명상이나 종교도 좋습니다. 자신이 붙잡고 있는 감정이 사라지는 것을 불안해하지 말고 두려워하지 않아야 합니다. 사라져야 하는 감정을 사라지게 놔둬 보세요. 구태여 기분으로 붙잡아두지 않으면 태도가 되지 않고 괜히 타인에게 성내는 일이 벌어지지 않습니다.

Question #3

스스로가 너무 부족하다는 생각에 잠겨 있습니다. 의도하지 않아도 자연스럽게 보이는 주변 사람의 뛰어난 모습에 열등감을 느끼기도 하고요. 이런 생각을 떨쳐내기 위해서는 어떻게 하면 좋을까요?

성진 스님 답변

자신이 어느 부분에 있어서 부족함을 아는 건 위험과 무모한 행동을 제어해 주는 안전장치입니다. 동시에 내가 잘할 수 없는 것 말고 잘할 수 있는 것을 찾아내는 또 하나의 길이 되기도 합니다. 하지만 무엇이 부족한지 정확히 모르거나 부족한 몇 가지를 자신의 전부로 생각하는 건 어리석은 일입니다. 어리석은 시선으로 부족함을 바라보면 열등감이라는 부정적 감정에 휩싸이기 쉽습니다. 먼저 내 부족함을 아는 게 현명한 태도입니다. 자신감이 지나치게 많은 사람이 배려심이 부족하거나 타인의 지적을 못 받아들이는 것도 열등감의 표현입니다.

한편 내가 무엇이 부족한지 정확히 알아야 합니다. 그리고 자신에게 애정을 가지고 있는 타인에게 확인해 봐야 합니다. 스스로 생각하기에 부족한 것이 타인의 시선으로도 맞는지 확인하고 그런 후에 인정해야 합니다. 숨기지 말고 먼저 표현할 수 있어야 합니다. 자신의 약점을 유머로 표현할 수 있다면 부족함을 긍정적으로 승화시킨 겁니다. 누구나 다른 사람에게서 자신보다 나은 점을 찾고 열등감을 느낄 수 있습니다. 그렇다고 해서 스스로를 상처 내는 일은 나를 발전시키는 길이 아님을 알아야 합니다. 인정하고 그 모자람을 채우기 위해 나를 갈고 닦으면 됩니다. 또 내가 잘할 수 있는 다른 길을 찾아 나설 수도 있겠지요. 그게 한 걸음씩 나아가는 방법이지요.

Question #4

40대 중반으로 가는 주부입니다. 생년기를 겪고 있는 부모와 사춘기 자녀 사이의 갈등 해소를 위해 서로가 해야 할 것들이 뭐가 있을까요?

성진 스님 답변

엄마는 사춘기 자녀가 아니라 엄마 자신에게 집중해야 합니다. 사춘기는 누구나 거쳐야 하며 그래야 독립적이고 책임감 있는 성인이 됩니다. 그리고 갈등 해소의 최고의 길은 갈등 요소를 사전에 없애는 것입니다. 갱년기 어머니가 자녀에게 줄 수 있는 가장 큰 가르침은 직접 보여주는 겁니다. 어떻게 자신을 잘 다스리고 매너 있게 표현하며 극복하는지 보여주세요. 그래야 자녀도 매너 있게 자신의 정체성을 찾는 일이 무엇인지 압니다. 이미 7세가 지나면 말로써 가르칠 수 없습니다. 오직 행동으로 보여주고 기다려줘야 합니다.

어머니가 먼저 자신에게 집중하여 성장기 통증을 앓는 동병상련의 마음으로 자녀를 위로해 주세요. 그리고 되도록 조금 떨어져서 지켜봐 주는 인내가 최고의 충돌 회피 장치입니다. 사춘기 자녀의 행동에 휘둘려 안절부절못하면 서로가 음주운전 상태인 것과 다름없습니다. 함께 휘청이다 언제 큰 사고가 날지 모르는 위태로운 상황에 놓이고 맙니다.

매너는 신사만 만드는 것이 아니라 갱년기 엄마와 사춘기 자녀 모두가 성숙한 성인이 되도록 만들어줍니다.